Wetterchen

Eine Erzählung

Das Labor, in welchem Caro arbeitete, war ärm-
lich eingerichtet. Jedes Ding hatte seinen Zweck, kein
Stück war zuviel, nichts stand herum, ohne während
eines Tages mehrmals gebraucht zu werden.

Gleich neben dem Eingang erhob sich ein Brutapparat – ein unförmiges Ding - dem man kaum zuge-
traut hätte, dass er liebliche, in ihrer Zartheit zerbrech-
liche Wesen hervorbringen könnte. Auf dem gleichen
Tisch lagen unzählige Ingredienzen, die Caro für seine
Versuche benötigte: Wasser und Säuren, Lauge reihte
sich an Base, vereinzelt erblickte der genaue Beobachter Tubenchemie.

Auf einem zweiten Tisch wurden die Versuche
vorbereitet. Ein unerlässliches Hilfsmittel waren dabei
Dutzende von Bleistiften und Blöcken. Nicht selten
geschah es, dass Caro in einem Anflug von Wut Blei-
stifte zerbrach oder Blöcke zerriss, um den Versuch
noch einmal zu beginnen.

In diesem Raum verbrachte Caro – ein Tüftler
und Pröbler aus Leidenschaft – sein Leben. Von mor-

gens früh bis abends spät, zuweilen bis in die tiefe Nacht hinein, sah man ihn zwischen seinen Kolben und Röhren, saugend an einer Pipette, über seinen Notizen sitzen.

Caro war zufrieden mit diesem Leben, mit den Tagen mühevoller, selbstquälerischer Arbeit, bis ... Nein, lassen wir die Geschichte alles erzählen!

Es geschah einmal, dass Caro eines Tages auf dem Stuhl sass, vor sich die Versuchsanordnung für die Trennung eines Gemisches in seine Hauptkomponenten. Leise brodelte die bräunliche Flüssigkeit und floss durch die gläsernen Röhrchen. Caro sass da und schaute zum Fenster hinaus, weil er nichts tun konnte, ausser zu beobachten, was ihn plötzlich langweilte. Dunkle Wolken zogen am Fenster vorbei. Er dachte, dass er es lieber hätte, wenn die Sonne schiene. Er könnte noch ein letztes Mal die welkenden Blumen aufblühen sehen.

Er stand auf und begann unruhig umherzugehen, die Hände hinter dem Rücken verschränkt, den Kopf vorgestreckt wie ein angreifender Stier. Ihn quälte der Gedanke, dass er nicht jeden Tag ein Wetter nach Belieben haben konnte. Er erinnerte sich an Tage, an denen er baden gehen wollte – an einen dieser so seltenen Tage - oder sich mit einem Regenmantel zu bekleiden. Und an andere, wo es ihn barfuss im Regen gehen gelüstete um sich in leichten Shorts grösstmögliche Kühlung zu verschaffen.

Caro stutzte und dachte nach. Er war es gewohnt, Probleme, welcher Art sie auch immer sein mochten, zu lösen. Dieser Fall lag insofern anders, als es sich nicht um eine chemische Aufgabe handelte.

Caro ging auf und ab. Die Frage war: Wie konnte er von der Abhängigkeit an das Wetter loskommen? Wie konnte er es einrichten, zu jeder Zeit ein ihm beliebendes Wetter zu haben? Er dachte nach und dachte nach, bis er plötzlich auf die wegen ihrer Einfachheit eigentlich lächerliche Idee kam. Es gab nichts anderes als ein Privatwetter herzustellen, ein Wetter, dass er ganz für sich alleine haben würde, dass nur ihm gehorchen würde!

Sein Gang wurde ruhiger und schliesslich setzte er sich wieder auf den Stuhl und schaute zum Fenster hinaus. Nach einigen Minuten, während denen er sich überlegte, wie die Sache wohl am besten anzupacken wäre, rückte er mit seinem Stuhl zu dem Tisch mit den Blöcken und Bleistiften; zwar noch nicht wissend, wie er seine Arbeit zum Erfolg führen könnte, doch da es mit dem steten Gedanken an die zu verrichtende Aufgabe nicht getan war, begann er zuerst zaghaft, bald aber stetig mit dem Stift über die Seiten eilend, Blatt um Blatt zu füllen. Er hoffte, so um den Kern der Angelegenheit kreisend, plötzlich auf das Ei des Kolumbus zu stossen. Bald war er vollständig in seine Berechnungen versunken.

An diesem Abend arbeitete Caro bis lange in die Nacht hinein. Er schlief nur wenige Stunden und ging am nächsten Morgen sofort wieder hinter seine Berechnungen, um auch an diesem Tag bis spät in die Nacht hinein zu arbeiten und am nächsten Morgen wieder früh aufzustehen, um ....

Lange Tage und kurze Nächte folgten, während denen Caro die Welt um sich herum vergass. Blatt für Blatt wurde beschrieben, korrigiert, für schlecht befunden, zerrissen. Formel um Formel wurde aufgestellt, durchgerechnet, für gut befunden. Mehrmals war Caro nahe daran, den ganzen Karsumpel resigniert hinzu schmeissen und aufzugeben. Aber niemals kam es zu dieser gänzlichen Aufgabe, immer blieb er sitzen, die Arbeit zu vollenden, die er in Unkenntnis der Schwierigkeiten begonnen hatte.

Er schlief wenig und träumte wirr. In Formeln, zählte nächtelang eng beschriebene Blätter anstelle von wolkenweissen Schäfchen, zählte Hürden aus aufeinander geschachtelten Bleistiften. Er fiel in Schluchten, die mit Wurzeln und Funktionen gefüllt waren, schwamm durch Eiweissmeere. Schweissgebadet wachte er auf, trank rasch einen Kaffee, verschlang ein Brötchen und rannte in sein Kellerlabor hinab.

Wiederholte Male kam es vor, dass er sich dabei ertappte, wie er eine falsche Spur verfolgte. Er hatte in solchen Fällen eine Woche, eineinhalb vergebens gearbeitet, mehr nicht. Nach vielen Tagen, nach Berechnungen, Schweiss, Entbehrung und härtester Arbeit, war es soweit. Caro hatte eines schwülen Abends die theoretischen Grundlagen zur Herstellung eines Privatwetters in Händen. Einem zufällig anwesenden Beobachter wäre es wahrscheinlich langweilig geworden, wenn er Caro gesehen hätte in seiner weissen Arbeitsschürze, einem Stoss Blätter in den Händen. Caro hätte kein Wort gesagt, nichts verlauten lassen, hätte nur geschwiegen, obwohl er sich freute, aber auf seine Art, nur für sich.

Die zusammengehefteten Blätter wogen schwer, bestärkten Caro im Glauben, dass es richtig gewesen war, den anfänglichen Plan trotz aller Schwierigkeiten auszuführen. Für einen kurzen unirdischen Moment lang fühlte er sich emporgehoben in das Nirwana der gestorbenen Wetter; er entbot der Wirbelsturmdame Betsy die ehrerbietigsten Grüsse, indem er sich vor einem Stuhl verneigte. Er rannte nach oben, um sich mit einem Regenschirm gegen die vermeintlichen Schauer von zufällig in seinem Labor anwesenden Wettern zu schützen – kurz, er war völlig aus dem Häuschen, wusste ausser Wetter weder ein noch wie und warum.

Zerschlagen von Müdigkeit schleppte sich Caro die Kellertreppe hinauf, um in sein Schlafzimmer zu gelangen; jedoch, er wurde schon im Wohnzimmer vom Hammermännchen ereilt, sackte zusammen und schlief auf der Stelle ein.

Seit langem konnte er wieder einmal ruhig schlafen. Ihm war, als sei er ein leichtes Lüftchen, das irgendwo über den Weiten der Karibischen Meere bläselt. Gegen den Morgen hin träumte ihm, er sei ein Regenbogen, der sich plötzlich in einen strahlend blauen Himmel verwandelt.

Ausgeschlafen wachte Caro am nächsten Nachmittag, so gegen vier Uhr auf, braute sich in der Küche einen wohltuenden Kaffee und ging daraufhin wieder unverzüglich an die durch den langen Schlaf unterbrochene Arbeit.

Pedantisch befolgte er Schritt für Schritt seine Anweisungen. Er eilte zum Schrank, um eine Säure zu holen, eilte hinaus, um drei Liter Luft einzufangen; im Estrich packte er den muffigen Geruch regenschwangerer Tage in eine Tüte. Bald sah man ihn am Fluss

unten, wo er das Spiegelbild einer Wolke einfing –
auch Privatwetterphysiognomien wollen vollkommen
sein - bald eilte er über grünste Fluren und liess liter-
weise herrlichst strahlendes Sonnenlicht in Schachteln
fliessen. Mit sicherer Hand fügte er die einzelnen Be-
standteile des „Rezeptes" zusammen, erhitzte oder
kühlte die Flüssigkeit je nach Bedarf.

Wieder hatte er wochenlang keine Augen für
seine Umwelt; er vergass beinahe, dass er überhaupt
noch existierte und gab sich ganz seinem Werke hin. Er
sah nur noch das Glas vor sich, in das er Teil um Teil
die Ingredienzen schüttete. Bald war die Flüssigkeit
blau, bald schwarz, durchsichtig oder gestreift.

Während er schlief, liess er das Gemisch gären
und reifen. Manchmal musste er tagelang alle vier
Stunden die Lösung schütteln, sonst nichts. Die nächsten Wochen vergingen rasch.

Caro lernte die tragische Problematik des Wetter-
macherberufes bis in alle Einzelheiten kennen, sehnte
sich aber keineswegs nach einer geregelten Vierzig-
stunden-Woche. Keine Gewerkschaft kämpfte wegen
irgend etwas für ihn, was er eigentlich gar nicht wollte;
er arbeitete so viel und gab sich so viel zu verdienen,
wie er wollte, wobei er keine Angst haben musste, dass
er von irgendwelchen in harten Streiksituationen
erkämpften Rechten nicht Gebrauch machte. Er konnte
gegen sich selber streiken, legte sich selber Rechen-
schaft ab; er war seine eigene Gewerkschaft.

Nie waren Caro die Tage lang genug. Sie hätten
30 Stunden haben können und es wären immer noch zu
wenige gewesen; nicht genug, um Caros beflügelter

Schaffenskraft, die ihn in rasender Eile alle Vorkehrungen treffen liess, Genüge zu tun.

Vor dem Einschlafen fragte er sich zuweilen, was eigentlich werden sollte, wenn der Versuch misslingen würde, aber immer schlief er ohne Antwort ein. Die Frage wurde unwichtig und von realitätsnäheren Problemen, die mit dem Fortgang des Versuches in unmittelbarer Weise zu tun hatten, in den Hintergrund gedrängt, bis auch diese von einem hastigen, unruhigen Schlaf abgelöst wurden.

Als Caro merkte, wie seine Arbeit dem Ende zuging, schaute er öfters zum Brutkasten hinüber. Heimliche verstohlene Blicke. Für Momente befiel ihn eine blöde, undefinierbare Angst. Er fürchtete, alles könne ihm zuletzt noch misslingen, obwohl er wusste, dass er reüssieren musste; alles war geprüft, es konnte nichts schief gehen. Aber doch hatte Caro – wie eine Mutter, die kurz vor der Entbindung steht, wohl wissend, dass das, was bald folgen würde, schon Milliarden Mal zuvor gut gegangen war, die aber doch das Gefühl nicht los wird, das Kind werde bei der Geburt sterben, es werde etwas passieren – die Angst vor dem völligen Misslingen, die er nicht loswerden konnte.

Es wird im Januar gewesen sein, als es eines Tages zum zweiten Mal soweit war. Caro war jedoch weit weniger von der Richtigkeit seiner Annahme überzeugt als beim ersten Mal. Der Enthusiasmus, der ihn über die Zweifel der theoretischen Arbeit hinweg getragen hatte, war verschwunden und hatte einer quälenden Unsicherheit Platz gemacht. Er fragte sich, was ihm entgegenquellen würde, wenn er die Türe des Brutkasten öffnete.

Nachdenklich ging er an jenem Januartag vor seinem Arbeitstisch auf und ab und schaute immer wieder das Gefäss mit der eidottergelben Flüssigkeit an.

Mit gespielter Sicherheit ergriff er schliesslich das hinter ihm stehende Gefäss und ging schweigend, nachdenklich eben, auf den Kasten zu. Er öffnete die Türe, stellte die Flüssigkeit in die Nähe der Heizspirale und schloss den Brutkasten wieder. Aussen stellte er die Temperatur ein, vergegenwärtigte sich noch einmal, ob er nichts vergessen hatte und kippte schliesslich den Starter auf „EIN"; er trat einen Schritt zurück, holte sich schliesslich einen Stuhl, auf den er sich setzte und wartete, wartete und schlief ein.

Langsam schlug Caro die Augen wieder auf. Er wusste nicht, wie lange er geschlafen hatte, aber ein Blick auf die Uhr zeigte ihm, dass es noch 30 Minuten gehen würde, bis es soweit war.

Er schaute zum Fenster hinaus. Bald würde der Frühling kommen. Der Winter war sehr mild gewesen. Wie damals, als ihm die wahnwitzige Idee gekommen war, ärgerte sich Caro wieder über das Wetter. Grelles Sonnenlicht reflektierte von der weissen Fläche, liess den Schnee schmelzen und grosse Sturzbäche fliessen. Liess die Erde sich nässen von ihrem winterlichen Schutz, auf dass spielende Kinder dreckig zu ihren Müttern rannten. Das unbarmherzig helle Licht liess keinen Platz für versteckte Gedanken, alles wurde wie umgegraben nach oben gezerrt.

Majestätisch zog ein Flugzeug am blauen Himmel seine Bahn, flogen ein paar Vögel vorbei. Ein Auto kurvte durch die Strasse, Frau Meier kam vom Einkaufen zurück, ein Fremder schien ein Haus zu suchen. Maschinenmeister Filippe bog eben um die Ecke – offensichtlich hatte er wieder einmal Tagschicht, seine Frau wird sich darüber freuen.

Als dreissig Minuten vorüber waren, eilte Caro zum Brutkasten und öffnete mit zitternden Händen die eiserne Türe. Vorsichtig nahm er das Gefäss heraus – seine Hände hatte er im Vorbeigehen zum Schutz gegen die Hitze mit einem schmutzigen Handtuch umwickelt – und stellte es neben den Brutkasten auf den Tisch. Er entfernte den Verschluss und schaute in das Gefäss hinein.

Am Boden lag ein handtellergrosser, pulsierender weisser Fleck. Alle fünf, sieben Sekunden vergrösserte er sich, verharrte einen Moment lang aufgeblasen und zog sich dann wieder zusammen, um mit dem gleichen Spiel wieder von vorne zu beginnen. Einzelne Ansätze liessen die späteren Formen schon vermuten, obwohl die Grösse noch völlig ungewiss war.

Während Caro einen anderen Lappen nahm und ihn um das Gefäss wickelte – der erste, mit dem er sein Wetter aus dem Brutapparat geholt hatte, war ihm plötzlich zu schmutzig gewesen - überlegte er sich, auf welchen Namen er sein Wetter tauften sollte: Donner? Blitz? Taifunos? Keiner wollte ihm recht gefallen. Sie alle mochten vielleicht zutreffen, wenn sein Wetter erwachsen sein würde; einem so zarten, kleinen Ding aber einen Namen wie Taifunos anzuhängen, schien ihm eher eine Vergewaltigung. Es sollte sein Name sein, der sein Wetter charakterisierte, unverwechselbar machte. Er lachte, weil er plötzlich eine Idee hatte, die in ihrer Einfachheit eben lächerlich wirkte: Er würde

sein Wetter Wetterchen nennen, schlicht Wetterchen.
Welcher Name würde besser passen? Später, wenn
Wetterchen grösser sein würde, man auch seine
Wesensart erkennen konnte, könnte er noch einen
zweiten hinzufügen.

Caro löschte das Licht im Labor, zog mit dem
Fuss die Türe hinter sich zu und stieg die Kellertreppe
hinauf, wobei er mit dem einen Auge auf die Stufen
achtete und mit dem anderen die schwachen Lebenszeichen Wetterchens kontrollierte.

Caro löschte das Licht im Labor, zog mit dem Fuss die
Türe hinter sich zu und stieg die Kellertreppe hinauf,
wobei er mit dem einen Auge auf die Stufen achtete
und mit dem anderen die schwachen Lebenszeichen
Wetterchens kontrollierte.

In seinem Schlafzimmer verwandelte er einen
eigens für diesen Zweck bereitgestellten Wäschekorb
mit ein paar Handgriffen und unter Zuhilfenahme von
Decken und Kissen in ein gemütliches Kleinkinder-
wolkenbett. Er legte Wetterchen hinein, mitten in den
Berg; so sachte, als gelte es, mikroskopisch kleinste
Teilchen von Hand zu einem Ganzen zusammenzu-
fügen. Behutsam ordnete er dann die Kissen und
Decken und schaute dabei stets mit einem glücklichen
Auge auf sein Wetterchen. Nachdem er schon zum x-
ten Male die gleiche Decke glatt gestrichen hatte, ein
Kissen fünfmal weggenommen und wieder ans gleiche
Ort hingebüschelt hatte, richtete er sich kurz entschlos-
sen auf und schaute noch einmal mit einem letzten
prüfenden Blick über Wetterchens „Wiege", um festzu-
stellen, ob alles seine Ordnung hatte. Auf Zehenspitzen
schlich er hinüber in das Schlafzimmer, um sich dort

einen Stuhl zu holen, weil ihm in den Sinn gekommen war, dass er während der Nacht unbedingt in der Nähe Wetterchens bleiben musste, um eventuelle Gefahren abwenden zu können.

Leise rückte er den Stuhl zurecht, so dass er bequem die Wiege einsehen konnte und lehnte sich zurück. Nun, da die erste Aufregung vorüber war, kamen die Fragen. Was wusste er schon von Wettererziehung? Er hatte keine Ahnung, was junge Wetter assen oder wie lange sie schliefen; er wusste noch nicht einmal, ob Wetterchen ein Mädchen oder ein Junge war, folglich konnte er auch noch nicht die passende Wäsche einkaufen. Es waren alles Fragen, die er sich vorher nicht gestellt hatte, weil er gar nicht hatte wissen können, ob sein Versuch erfolgreich sein würde. Nun, da er glücklich vollendet war, wusste er nicht, wie er sich benehmen, was er machen sollte. War Wetterchen Vegetarier? Noch mehr Fragen schossen Caro durch den Kopf, aber als er schliesslich nahe daran war, zu verzweifeln, reckte er sich und schaute in die Wiege und schon wurden alle Fragen gegenstandslos. Er weidete sich am Anblick des kleinen Wetters, wie es regelmässig atmend im Berge der Kissen und Decken lebte.

Draussen war es Nacht geworden. Strassenlaternen warfen ihren matten Schein durchs Fenster. Ein nächtlicher Fussgänger eilte durch die Strassen. Der Klang seiner Schritte wurde rasch schwächer.

Es dauerte lange, bis das Licht in Caros Schlafzimmer ausging. Wahrscheinlich hatte er noch kurz bevor er eingenickt war, im Unterbewusstsein wahrgenommen, dass er auf die Nacht hin eigentlich das

Licht löschen sollte, um sich eine teure Stromrechnung zu ersparen.

Still war das Haus der völligen Dunkelheit überlassen. Caro schlief zusammengesunken auf seinem Stuhl.

Seit Wetterchens Geburt war eine Woche vergangen. Es lebte noch immer und hatte sich im Laufe der arbeitsreichen Tage zu einem prächtigen Jungen gemausert. Zumindest nahm Caro an, dass es ein Junge war, wenn er auch nicht vollständig sicher war, weil in erster Linie nicht medizinisch belegbare Feststellungen ihn zu seiner Ansicht veranlassten, sondern, um ehrlich zu sein, lediglich ein intuitives Gefühl, ein Gefühl allerdings, das sich später noch als richtig erweisen sollte.

Caro entnahm Wetterchens Verhalten ihm gegenüber, dass es sich um eine Wolke männlichen Geschlechts handelte. Ein Mädchen würde lachen, würde sich einem entgegenmühen, aber ein Junge bleibt ruhig, lässt die Welt um sich herum arbeiten und dankt kaum, weder mit einem Kopfnicken noch mit sonst einer freundlichen, die Arbeit vergeltenden Geste. Caro machte das nichts aus. Er begehrte keinen Dank. Im Gegenteil, er wurde durch die abweisende Haltung angespornt, noch mehr zu geben, mit grösserer Inbrunst auch, weil er sich sagte, dass es nicht mit rechten Dingen zugehen müsste, wenn er den weissen Fleck nicht zum Lachen bringen würde. Wenn man ihn gefragt hätte, wie eine Wolke lache, hätte er zwar mit den Schultern zucken müssen, weil er keine Ahnung gehabt hätte. Vielleicht hätte er auch eine Ausrede zur Hand gehabt, sie würde heller oder sonstwas.

Es war Caro auch gelungen – nach etlichen misslungenen Versuchen, die alle damit geendet hatten, dass Wetterchen für einige Stunden den Dünnpfiff hatte - herauszufinden, welche Nahrung sein Schützling am besten vertrug. Es war eine Mischung aus drei Litern möglichst sauberer Luft, zwei Litern angewärmtem Wasser und 800 Gramm Trockeneis – an heissen Tagen etwas mehr - alles kräftig gemixt und in eine vorgekühlte Flasche abgefüllt. Ehemals war auch wahrscheinlich die Fütterung der Raubtiere ein Problem gewesen, sonst gäbe es kaum ein Sprichwort darüber, aber Übung macht selbst den Dümmsten zum Meister. Caro hielt die Flasche einfach dorthin, wo er den Kopf vermutete, irgendwo auf die Fläche, die sich oben befand, das heisst, wenn man von vorne in den Wagen hineinblickte, unten.

Offensichtlich bekam Wetterchen die ihm zugedachte Kost, denn es wuchs und entwickelte sich prächtig. Es war eine Freude, zusehen zu dürfen, wie sich ein aus eigenem Antrieb und mit den eigenen Fähigkeiten entwickeltes Fluidum zu einem selbständigen, in Formen, Farben und Reaktionen typischen Wetter entwickelte.

Auch sonst lehrte der tägliche Umgang mit Wetterchen. Caro wusste, wann es mal an ein stilles Örtchen musste; es atmete schneller. Er wusste auch, wenn es ausserhalb der regelmässigen Essenszeiten mal etwas Kleines futtern wollte; es atmete langsamer. Kurz, sie entwickelten mit der Zeit eine dem Säuglingsalter Wetterchens angepasste Sprache ohne Worte, nur mit Gesten und Veränderungen des Normalzustandes. Auch vom Aussehen aus her veränderte sich Wetterchen sehr zu seinem Vorteil. Aus dem zauberhaft-unirdisch weissen Fleck wurde eine niedliche kleine Wolke, die keine Zweifel über ihre späteren Formen aufkommen liess. Das Waschmittelweiss war nach-gedunkelt und hatte einem Regengrau Platz gemacht, das den vermuteten männlichen Status wohltuend zur Geltung brachte.

Caro dachte manchmal, es entwickle sich un-glaublich schnell, aber wahrscheinlich war das bei den Wettern, die auf natürlichem Wege in die Welt gesetzt wurden, auch so. Wetter werden eben immer erst dann geboren, wenn man sie dringend braucht – nicht etwa aus Liebe –, so dass sie schnell wachsen müssen, um eine schmerzlich empfundene Lücke zu füllen. Viel hatten natürliche Wetter nicht von ihrer Jugend. Sie lebten geschwind die Tage durch, lernten auf einsamen Bergeshöhen, wie sie zu regnen, zu schneien, zu schei-nen hatten, wie zu stürmen, zu bläseln, toben, lieblich zu sein. Sie gingen Tag für Tag in die Schule des Lebens, die später, wenn sie erwachsen waren, über Sein oder Nicht-Sein entschied. Waren die Wetter faul, spielten sie Ball mit einem gealterten Herbstblatt etwa, anstatt zu lernen. Dann war ihnen später der Erfolg ver-sagt. Sie würden es niemals zu einem Taifun, zu einem rechten Orkan bringen, sondern kläglich ihr Leben als Parklüftlein darben, als Gesäusel für Verliebte – sicher eine verdienstvolle Aufgabe in unseren Augen, aber für rechte Wetter ist das die grösste Blamage, die ihnen zustossen kann; viele halten das nicht aus und verenden lieber einsam auf hoher See. Vorbei heisst in diesem Falle vorbei. Für Wetter gibt es keinen zweiten Bil-dungsweg.

Caro schwor sich, dass das seinem Wetterchen alles nicht zustossen würde. Sein Kind sollte Zeit haben, die Jugend zu geniessen, nicht stundenlang harte Theorie üben müssen. Er würde ihm alles Notwendige auf eine humanere Art und Weise beibringen. Nie sollte Wetterchen später sagen können, dass es in seiner Jugend zu wenig Zeit zum Spielen gehabt hätte.

Caros Schlafgewohnheiten erfuhren – so schwach sie auch ausgebildet waren – durch Wetterchens Existenz einschneidende Änderungen. Nacht um Nacht weckte ihn ein kräftiges Brausen aus dem Nebenzimmer, liess ihn aus dem Bett springen und mit keuchendem Atem und schlaftrunkenen Gebärden Wetterchen aus dem Fenster halten; es musste mal. Wie es offensichtlich in Wolkenkreisen üblich war, musste Wetterchen, solange es noch nicht regnen konnte, auf völlig natürliche Weise regulieren, gleichwohl, ob es Tag oder Nacht war. Ungeniert tropfte Wetterchen über die Hände, die es hielten, weil es zum Fliegen noch zu schwach war, wie Caro feststellte, nachdem er versuchte, Wetterchen mit linkischen, schalkhaften Andeutungen das Fliegen vorzumachen, dieses aber nur unter die Bettdecke kroch und keine Anstalten machte, ihn nachzuahmen.

Deshalb hielt Caro Wetterchen immer, wenn es musste, ob Tag, Nacht oder Sonntag. Wenn Wetterchen wollte, stand Caro stundenlang am offenen Fenster und hielt es auf den Armen.

Jede Nacht das gleiche. Caro erinnerte sich noch an die vorangehende, wo er auch am Fenster gestanden war; an Wetterchens Geburts-Tag konnte er sich kaum mehr erinnern. Er war sicher, dass er sich wieder nicht würde erinnern können.

Wenn das kitzelnde Rinnsal auf seinen Händen versiegte, wurde Wetterchen sanft wieder ins Bett zurückgelegt und zugedeckt; das Fenster wurde geschlossen und Caro ging müden Schrittes in sein Zimmer zurück. Stumm sank er in sein Bett.

Manchmal dachte er an die Zeit, wo er noch alleine gewesen war. Lohnte es sich überhaupt, die ganze Arbeit auf sich zu nehmen? In einem ruhigen Moment musste er sich ans Fenster setzen, um dort von Gedanken, ein Privatwetter zu haben, ereilt zu werden. Einzig, weil ihm das Wetter an jenem Tage nicht „gepasst" hatte, waren nun seine Tage und Nächte mit so etwas Kleinem ausgefüllt. Fieberhaft hatte er sich auf diese Aufgabe gestürzt. Der Tag, an dem er die Formel gefunden hatte, der, an dem Wetterchen geboren wurde, alles lag in der Vergangenheit. Caro konnte sich kaum mehr an früher erinnern. Er war zu sehr mit der Gegenwart beschäftigt, als dass er so leichthin an Vergangenes denken konnte. Auch wusste er nicht immer, wie alles weitergehen sollte. Er hatte sich damals von der Macht des Augenblicks gefangen nehmen lassen. DIE IDEE hatte ihm die Augen verdeckt, bis er sich mit den Problemen, die sich durch diesen Besitz ergaben, herumschlagen musste. Die unleugbare Existenz Wetterchens hatte dafür gesorgt, dass er aus seinem Traumland herabgestiegen war und sich mit den perfiden Eigentümlichkeiten des Erzieheralltages befassen musste.

Fast den ganzen Tag über befand sich Caro im oberen Teil des Hauses, um sich um Wetterchen zu kümmern. Selten noch stieg er in sein Labor hinab. Er führte vielleicht einmal einen kleinen, unbedeutenden Versuch durch. Aber er war nicht mehr mit der gleichen Freude bei der Sache wie vor der Geburt. Wenn er im fahlen Licht der Deckenlampe jeweils die Versuchsanordnung abbaute, schien es ihm eher wie eine Erlösung als wie wenn er etwas erfolgreich zu Ende geführt hätte. Nicht mehr länger trieb ihn unbändiger Entdeckergeist durch die Tage, sondern routinemässiges Chemikerbewusstsein liess ihn seine Kenntnisse von Zeit zu Zeit hervorholen.

Auf Teilen der Anlage lag fingerdicker Staub. Zwischen diesen Kolben, Messgeräten, Gläsern und Spiralen hatte er früher gelebt, bis eben Wetterchen kam.

Sein Forscherinstinkt hatte sich in eine Art vulgären Besitzerstolz verwandelt. So wie er früher auf das Ergebnis eines mühevollen Versuches stolz gewesen war, so war er heute, nachts, wenn er im Bette lag, nachdem er Wetterchen auf den Armen zum Fenster hinausgehalten hatte, sonntags, wenn er sich seinen Kaffee und Wetterchens Frühstück zubereitet hatte, des Tages, wenn er aufzupassen hatte, dass alles seinen richtigen Weg ging, stolz auf sein Eigen, das er gewissermassen unbewusst wie das Ergebnis seines bisher grössten Versuches, den er, entgegen seiner bis zu dem Zeitpunkt, als ihm die Idee gekommen war, nachgelebten Tüftlerallüren, nicht mit Nachdruck, sondern mit Interesse am Ergebnis, in einer Woge des Glücks, entstanden aus einem Unverständnis der Willkürlichkeit der täglichen Wetterlage, begonnen hatte und den er in Hast zum vorläufigen Ende geführt hatte.

Caro war heimgekehrt zur menschlichen Familie. Er spürte Liebe und stolze Vatergefühle, zeigte sich menschlicher wie als Chemiker nie zuvor. Aus einem Dschungel verstrickter Gedanken über die stoffliche Zusammensetzung dieses oder jenes Materials, über die Entstehung des Atoms aus den unendlichen Weiten des Kosmos, hatte er zurückgefunden in eine Welt, wo nicht länger der Geist, sondern der Mensch zählt.

Selten, schien es Caro, war er so angespannt gewesen, selten, zu selten aber hatte er auch die Tage so glücklich verleben dürfen.

Wetterchen war nun genau vier Wochen alt, Geburtstag hatte es. Jedenfalls hatte Caro es so bestimmt, weil er sich sagte, dass die kurzlebigen Wetter nicht nur einmal das Fest ihrer Geburt nacheifern sollten, sondern jeden Monat. So würden sie es wenigstens noch auf ein gewisses durch Geburtstage verbrieftes Alter bringen.

Er hatte einen Tisch mit Blumen überhäuft und das ganze Haus mit wohltuendem Voralpengeruch erfüllt. Es war zwölf Uhr Mittags und Wetterchen schlief noch.

Gestern hatten sie zusammen Wetterchens Künste im Fliegen vervollkommnet. Als es begonnen hatte, unsicher herumzufliegen, war Caro zuerst ziemlich überrascht gewesen, weil es seine Versuche einst abgelehnt hatte und voller Angst unter die Bettdecke gekrochen war. Doch begriff er, dass er es ihm einfach zu früh hatte beibringen wollen und dass es jetzt aus natürlichem Antrieb darauf gestossen war. Mitlerweilen konnte es mit horrendem Tempo haargenau der Hecke entlang fliegen, ohne auch jemals nur einen Ast zu berühren. Immer wieder war es gestern durch den Garten gebraust, hatte vor dem Gartentürchen gestoppt, zu schneien begonnen, plötzlich kehrt gemacht, um über dem Rosenbeet, das am anderen Ende des Gartens lag, eine laues Frühlingslüftlein wehen zu lassen.

Bis auf dieses Fliegen hatte Wetterchen alles von seinem Vater gelernt, wobei das nicht allzu wörtlich zu nehmen ist, denn Caro konnte sicher nicht regnen oder wie ein Sönnlein (eine kleine Sonne) scheinen. Er hatte ihm einfach gesagt, was es als Wetter alles können musste und als gelehriger Schüler hatte Wetterchen nicht allzu lange gebraucht, bis es begriffen hatte, was gemeint war. Wenn Caro etwas einmal nicht so erklären konnte, wie er wollte – manchmal fehlten ihm die Worte dazu - konnte es vorkommen, dass Wetterchen vor ihn hinflog, parkte und das machte, was Caro zu erreichen trachtete, aus Intuition oder vielleicht, weil es bei Wettern nicht so wortreicher Erklärungen bedarf wie bei Menschen.

Übrigens: Fragen wurden nie laut gestellt, sondern gedacht. Wollte Wetterchen etwas sagen, so dachte es einfach daran und Caro hatte keine Mühe, zu begreifen. Er war nach kurzer Zeit durch Zufall darauf gestossen, dass Wetterchen auf telepathischem Wege kommunizierte.

Er stand vor Wetterchens Wiege und überlegte sich, wie er ihm erklären konnte, dass man langsam daran denken sollte, ihm nun wirklich das Fliegen beizubringen, als ihm ein einsames „Jugus" durch den Kopf schoss. Verstört blickte er umher, um den zu finden, der dieses komische Wort gerufen hatte. „Jugus" schoss es ihm wieder durch den Kopf; Caro schaute zum Fenster hinaus, ob dort vielleicht einer auf einer Leiter stand und die ganze Zeit „Jugus" rief, aber auch ausserhalb des Hauses war weit und breit kein Mensch zu sehen. Er schloss das Fenster und wieder hatte von neuem die komische Empfindung, dass jemand laut und deutlich „Jugus" sagte. Er blieb stehen, schlug sich die Hände vor das Gesicht; wer mochte das sein? Es war niemand zu sehen, aber doch hatte er schon deutlich dreimal gehört, wie jemand zu ihm „Jugus" sagte – „Jugus, schich pinsch!" Wie bitte? Die Worte, die Caro durch den Kopf schossen, fingen nun an zu purzeln und stiessen einander: „Jugus, schich pinsch, ju, schich pin ir, ir, ir, Jugus!"

Caro fing an zu lachen, zuerst leise, dann lauter. Plötzlich begriff er, wer da die ganze Zeit „Jugus" rief. Das Unausgehobelte, Unausgefeilte hatte ihn darauf gebracht, weil er sich zuerst am komischen Ton der Wörter gestossen hatte, wie wenn er sie kennen würde, hatte es ihm geschienen, aber nicht ganz richtig ausgesprochen. Wetterchen war es, das da die ganze Zeit „Jugus" rief. „Jugus" hiess nichts anderes als Gugus. Die kleinen Kinder riefen es jeweils, wenn sie jemanden neckten, ihn auf sich aufmerksam machen wollten. „Gugus, hier bin ich", riefen sie worauf der Geneckte ihnen darauf wutschnaubend nachrannte. „Gugus", dachte Caro und „Jugus, Jugus, Jugus!", antwortete es ihm.

Die Methode des gedanklichen Sprechens hatte Vor- und Nachteile. Vorteil: Das langwierige, mit vielen Fussangeln versehene Kleiden in Sätze fiel weg. Nachteil: Manchmal schaltete sich Wetterchen in Caros Denkprozess ein, wenn es gerade nicht sollte und erfuhr so Dinge, die eigentlich nicht für es bestimmt waren. Da sich Caro als treusorgender Vater mit viel Fragen der Erziehung herumschlug – er hatte sich auch einst geschworen, seinem „Kind" alle möglichen Freiheiten zu lassen, was gewisse knifflige Überlegungen voraussetzte - war Wetterchen meist über den Sinn von Caros Massnahmen unterrichtet.

In diesem Moment kam Wetterchen von oben heruntergeflogen und setzte sich an den Tisch, was man sich ungefähr so vorstellen muss: Am anderen Tischende stand wieder ein Tisch, auf diesem eine Schüssel, gross und flach. Fliegend saugte Wetterchen so sein Frühstück.

Für den ersten Geburtstag hatte sich Caro etwas ganz Besonderes ausgedacht. Er würde sein „Kind" zum ersten Mal der Öffentlichkeit zeigen. Es ging einfach nicht mehr an, dass Wetterchen die ganze Zeit auf höchstens Manneshöhe im Garten herumflog. Die Nachbarn müssen erfahren, dass ich einen etwas ungewöhnlichen „Gast" habe, dachte Caro. Die Überraschung würde natürlich doppelt so gross sein, weil Caro es tunlichst vermieden hatte, an das freudige Ereignis zu denken. Wetterchen hatte somit die Möglichkeit, die Neuigkeit auf telepathischem Wege zu erfahren, nicht gehabt. Trotzdem hatten Caro sich diesen Schritt reiflich überlegt, in der Nacht, während Wetterchen schlief.

Er hatte nicht gewusst, ob er Wetterchen zwingen sollte, sein Geistesleben weiterzuführen oder ob er im Interesse einer gesunden Erziehung es mit der Welt bekannt machen sollte, einer Welt der Gefahren, des weiten Auslaufes aber auch, eines Auslaufes, den es im Garten nicht hatte. Nähme er es mit hinaus, es würde durch die Wälder brausen können, in spielerischen Anwandlungen Äste durch die Luft wirbeln, würde dann still in einer Talsenke daliegenden Waldweiher in herbstlichen Aufruhr bringen können. Ungestüm könnte Wetterchen durch Felder jagen, ihm mit einem stolzen, kindereigenen Gefühl seine Fortschritte im Fliegen vorführen.

Oder sollte er es daheimlassen, wo er Garantie hätte, dass es sein unangetasteter Privatbesitz bleiben würde und nicht seiner Rarität wegen – wo begegnet man schon einem im Labor hergestellten Wetter – vielleicht einem öffentlichen Druck ausgesetzt wäre, nicht den staunenden Blicken einer gaffenden Menge ausgesetzt wäre, die nicht begreifen könnte, dass einer der ihren sich an etwas vergriffen hatte, das bislang zu den unantastbaren Werken Gottes zählte?

Caro hatte aber im Laufe seiner Überlegungen beschlossen, es zu wagen und Wetterchen auszuführen an seinem Geburtstag, weil letztlich alles Negative nur mit ihm, nicht aber mit seinem „Kind" in Zusammenhang gestanden war.

Wie es so ihm gegenüber sass, räusperte sich Caro und dachte ruhig, dass sie heute ausgehen würden, spazieren einmal in der Strasse und nicht nur im Garten. Zuerst war Wetterchen aus Überraschung völlig gedankenlos, dann bedankte es sich überschwenglich voller Glück.

Nach dem Essen gingen sie auf den Spaziergang. Caro dirigierte Wetterchen durch Zurufe so, dass es immer in der Nähe seines Kopfes schwebte. Manierlich folgte es ihm, wobei es von Zeit zu Zeit mit einem freudigen Lächeln zu ihm hinunterblickte, sonst aber majestätisch neben ihm herflog. „Schmuck siehst du aus mein Wetter", dachte Caro. Wetterchen lächelte und folgte ihm. Die erste Begegnung mit der Öffentlichkeit aber verlief vollkommen anders, als Caro es sich vorgestellt hatte.

Sie waren am Hause von Frau Buchmüller, die ganz in der Nähe wohnte, vorbeige-gangen, als sich die Haustüre öffnete, die schlanke, fast zerbrechlich zu nennende Person auf der Schwelle erschien, mit flinken Händen zum Milchkasten griff, dann aber in sprunghafter Erkenntnis den ausgestreckten Arm wieder sinken liess und erstarrte.

Caro begriff nichts mehr. Mit grossen, ungläubigen Augen blickte sie auf das Trottoir und vermochte sich nicht loszureissen von diesem Bild unwahrscheinlicher trauter Zweisamkeit. Nach Sekunden des Staunens liess sie sich niedersinken. Sie rutschte einfach in den Knien weg und setzte sich auf die struppige Fussmatte, die vor der hellbraunen Haustür lag. Setzte sich und staunte mit noch immer offenem Mund, staunte ihn und vor allem, das heisst praktisch nur, Wetterchen an, das übermütig konzentrische Kreise über Caros Kopf flog und dabei manchmal fast an seine Haare stiess.

Mit der Zeit jedoch hatte sich Frau Buchmüller ein bisschen gefasst und fragte mit leiser, krächzender Stimme:"Herr Caro! Was...soll...das? Diese Wolke? Das ist doch unmöglich, das alles kann es nicht geben, nein das nicht! Sagen Sie nur: Was haben Sie gemacht? Wie... wie ist das nur möglich, die Wolke über ihrem Kopf, diese Wolke hier an meiner Strasse?"

Während Frau Buchmüller erregt auf Caro einredete, war dieser näher getreten und fasste nun Frau Buchmüller bei den Händen und sagte zu ihr, sie solle sich beruhigen, es sei alles gar nicht so schlimm, es sei vielmehr heute ein Freudentag und er könne alles erklären.

„Ich kann Ihnen alles erklären, wenn Sie nur einmal ruhig wären", sagte er. „Das, diese Wolke hier, ist selbstgemacht. Ich habe sie hergestellt, in der Retorte. Überlegen Sie sich einmal, was man mit einem Privatwetter nicht alles anstellen kann, für was man es nicht alles verwenden kann!"

Caro merkte, dass er völlig falsch argumentierte. Frau Buchmüller war während Caros kurzer Erläuterung zusehends gefasster geworden, nun fuhr sie auf und schrie Caro an: „Das ist mir völlig gleichgültig, was man mit diesem Ding alles anstellen kann; es geht nicht, dass man ein Stück Natur zu seinem Eigen macht. Das ist unmenschlich! Es bedeutet einen Verstoss gegen alle heiligen Regeln, die ich bis jetzt immer respektiert habe und die ich immer respektieren werde!"

„Jetzt hören Sie mir einmal gut zu", sagte Caro, mit mühsam beherrschter Stimme. „Sie mit ihren zu respektierenden heiligen Regeln, Sie können mir mal den Buckel runterrutschen, können Sie mir. Sie vermögen gar nicht kaufmännisch Vor- und Nachteile abzuwägen, die eine solche Erfindung wie mein Wetter in sich birgt!"

„Ich will nichts hören, nein, nichts! Ich habe Sie ehemals als ehrbaren, zwar etwas versponnenen Nachbar geschätzt, Herr Caro, doch das ist vorbei! Ich werde Sie anzeigen, jawohl, werde ich!"

„Bitte, wenn Sie nicht anders können", sagte Caro gefährlich ruhig, „Sie Sprachrohr einer nicht manipulierten Fauna, Sie Patriotin einer unberührten Seele, Sie!"

„Nun beherrschen Sie sich aber, oder ich rufe gleich die Polizei, Sie Rüppel!"

„Rufen Sie sie nur, aber ich werde kaum mehr hier sein, wenn sie kommt, und überhaupt, weswegen wollen Sie mich anzeigen? Habe ich ein Verbrechen begangen? Ich glaube nicht. Bislang war die Realisation einer perfekten Natur eben die Sache Gottes und nun habe ich auch ein bisschen mitgewirkt. Wenn er gewollt hätte, dass es Wetterchen nicht gäbe, hätte er mich einmal die Kellertreppe hinunterstürzen lassen können. Doch ich lebe! Und dass ich noch lebe, ist für mich Beweis genug, dass Ihr „Vorsteher der Natur" damit einverstanden ist, was das Gemüt der einfachen Bürgerin erregt und trotzdem bestehen bleibt. Sie können die Polizei rufen, wenn Sie wollen; ich masse es mir nicht an, einen Mitmenschen in seinen Äusserungen und Vorhaben einzuschränken, weder durch Taten noch durch Zuhilfenahme von fragwürdigen ethischen Grundbegriffen. Ich wiederhole nur noch einmal: Sie wissen nicht, was Sie an meinem Wetter haben.

Sie können Ihre Kinder im Hochsommer auf dem Hügel beim Reservoir oben Skifahren lassen, dank meinem Wetter. Es funktioniert Sommer wie Winter, schneit so gut wie es sonnt! Oder haben Ihre Rosen einmal zu wenig Wasser? Rufen Sie mich, und ich lasse es regnen, Stunde für Stunde, bis Ihre Blumen wieder frisch aussehen.

Ich gehe jetzt und überlasse Sie ihrem Gewissen und ihrem gesunden Menschenverstand, dem logischen Denkvermögen, denn ich habe es nicht nötig, mich und das Werk vieler mühsamer Monate verteufeln zu lassen. Komm Wetterchen, wir gehen!

Ich hatte einen anderen Empfang erwartet, Ahs und Ohs, aber da siehst Du wieder einmal, wie ungerecht und unverständig die Menschen sein können!"

Caro wandte Frau Buchmüller den Rücken zu, streichelte kurz und zärtlich sein Wetterchen, das während dem Gespräch, zu dessen Beginn es jugendlich-übermütig auf der Strasse auf- und abflog, immer näher kam und zuletzt zwischen den beiden verharrte.

Beim Gartentor schaute Caro noch einmal zurück. Frau Buchmüller sass noch immer da, das grimmig entschlossene Gesicht auf die Hände gestützt.

Caro hatte keinen auditoriumswürdigen Beifall erwartet, kein Autogrammgeschrei, nur Anerkennung seines Werkes, als Lohn für die Stunden harter Arbeit.

Auf eine gewisse Art hatte Frau Buchmüller Caro doch wieder unsicher gemacht. Die Ängste, die er gehegt hatte, als er sich diesen Schritt überlegte, dass er Wetterchen geschaffen hatte. Ausser ihm hatte kein Hahn danach gekräht, keines Wunsch war es gewesen, ein Privatwetter als Mittel gegen plötzliche Anfälle von Sonnen- oder Schneesucht zu haben.

„Ich glaube aber daran", rief Caro laut, wobei ihn der zornige Klang seiner Stimme erschreckte. Er begriff, dass er wie jeder Vater an seinem Eigen hing; in gewisser Weise sogar in doppelter Hinsicht, war er doch seinem „Kinde" Vater wie Mutter, Onkel wie Tante und Pate wie Patin.

Ein Auto fuhr an Caro vorbei. Ein plattgedrücktes Gesicht an der Seitenscheibe zeigte, dass man von seinem Wetter Kenntnis genommen hatte; er und sein Wetter waren registriert. Doch waren sie anerkannt? Wenn nein, wie lange würde es noch dauern?

Still schloss Caro, daheim angelangt, die Haustüre auf, liess Wetterchen an ihm vorbeiflitzen und ging in die Küche. Aus dem Eisschrank holte er sich ein Tetra-Pack Milch, aus dem Küchenkasten ein Glas, um die Milch hineinzugiessen. Das gefüllte Glas stellte er neben einen Teller mit leicht trockenen Schinkenbroten, die er sich gestern gemacht, aber dann nicht mehr gegessen hatte. Caro stellte die Packung wieder an ihren Platz zurück, nahm den Teller und das Glas und ging damit durch das Wohnzimmer in den Garten hinaus, wo er sich schliesslich in den blau-weiss bezogenen Liegestuhl warf, mit dem Arm vorsichtig den Schwung ausbalancierend, damit kein Tropfen verschüttete.

Wetterchen kam aus einer Ecke des Gartens geflogen. Wie immer bremste es erst kurz vor ihm, aber er war es gewohnt und wurde dadurch nicht mehr aus der Ruhe gebracht. Ohne diese Spässchen wäre Caro nachgerade traurig geworden, denn das würde heissen, dass mit Wetterchen etwas nicht in Ordnung wäre.

Er biss ins Brot und schaute dabei Wetterchen an. Prächtig schaute es aus, das musste er schon sagen? Wäre es an der Zeit, dass er ihm einen anderen, erwachseneren Namen geben würde? Von Kopf bis Fuss mass es gute drei Meter, im Durchmesser vielleicht einsfünfzig. Regelmässig stülpte sich Beule um Beule aus der Haut, gab ihm dadurch einen stürmischen Anstrich, gab ihm das Wetterhafte, den letzten Schliff. An der Sonne hatte seine Normalfarbe etwas nachgedunkelt, es war jetzt ein ungewaschenes Weiss, im Gegensatz zu dem makel-losen kurz nach seiner Geburt.

Die beiden schauten sich stumm an, wie sollte es weitergehen? War seine Konstruktion, SEIN WETTER, wirklich so unnütz, so gemein, so Natürliches opponierend?

Caro dachte: „Wetterchen... – er musste ihm einen Namen geben, jedes Ding hat seinen Namen, auch Frau Buchmüller - ... was meinst Du dazu? Du bist ja der, um den sich das ganze Karussel dreht. Und dich fragt man zuletzt!"

„Weiss nicht. Ich meine: Erstens, hättest Du mich früher fragen können. Schliesslich bin ich nicht mehr der Jüngste und somit in der Lage, eine eigene Meinung zu haben. Zweitens, ich bin erwachsen und habe somit das Recht, nicht mehr mit dem verniedlichenden „es" angesprochen zu werden. Drittens, ich möchte einen Namen. Lange genug habe ich zugewartet und gehofft, es komme Dir von selber in den Sinn und heute ist es glücklicherweise gekommen. Diese Unterlassungssünde hättest Du übrigens vermeiden können, wenn..."

Caro fuhr erbost auf. „Bist Du jetzt mal still?" Er hatte sich in seinem Liegestuhl aufgerichtet und machte nun seiner Empörung Luft. Heute ging auch alles schief. „Wie benimmst Du Dich eigentlich gegenüber Deinem Erzeuger und Ernährer? Hast Du Deinen ganzen Anstand verloren? Kaum einmal den Duft der grossen weiten Welt in der Nase und schon werden sie frech. Und überhaupt, Deine Argumentation... He, was soll das? Nein, mach das nicht... nein, ich will Dir ... Du! ... Nein!"

Wetterchen war, als sein Vater „Anstand" sagte, aufgestiegen. Ihm war die Galle hochgekommen und so hatte sich denn mit dem Fortgang der Tirade sein Entschluss gefestigt, seinen Vater in seiner autoritären Position etwas zu erschüttern. Deshalb manövrierte es sich zielsicher über die Glatze von Caro und liess es regnen, kurz, aber heftig, genug, um seinen Vater verstummen zu lassen.

Zuerst dachte Caro daran, aufzufahren, Wetterchen anzuschreien, was ihm eigentlich einfalle. Doch begriff er plötzlich, dass das nicht ein fieser, niederträchtiger Angriff seines „Sohnes" war, sondern mehr der Ausdruck eines Unmutes über eine Erziehung; nur konnte Wetterchen eben zu anderen Mitteln greifen und so hatte es wohl auch aus Spass ihn begossen, als Lehre, als Vatererziehung.

Eine Strafe musste aber im Sinne einer guten Erziehung sein; Caro beschloss, sich nicht mehr länger um einen anderen Namen für Wetterchen zu kümmern, er würde es fortan immer so rufen.

Lachend stand er auf und ging ins Haus, um sich abzutrocknen. Ach, die Söhne!

Aber die Probleme waren auch durch das kleine feuchte Zwischenspiel nicht gelöst worden. Öffentlichkeit schafft Probleme, dachte Caro, indem er mit einem rauen Frottéhandtuch sich über das Kinn und die Augen fuhr. Er warf sich das Tüchlein über den Nacken und ging wieder hinaus.

„Wetterchen, komm einmal her", dachte er. „Ich glaube, ich habe von Dir noch etwas zugute." „Du, von mir? Du hast von mir noch etwas zugute? Ja... was denn?" „Hast Du wirklich keine Ahnung, was es sein könnte?" „Nein, Vati, wirklich nicht." „Wirklich?" „Wirklich!" Obwohl Caro beschlossen hatte, Wetterchen für den kleinen Regen nicht zu bestrafen, auf einer Entschuldigung würde er bestehen.

„Musst Du Dich nicht noch für etwas entschuldigen?" „Ach so, ja eigentlich schon. Also: Ich entschuldige mich hiermit in aller Form für meinen feuchten Scherz. Zufrieden?" „Ja, ich hoffe, es kommt nicht mehr vor. Ich möchte selbst bestimmen, wann ich duschen gehe. Doch lass uns in unserem Gedankenaustausch fortfahren. Waren wir nicht dabei, uns über Deine allzu vehementen Ausführungen zu unterhalten? Du sagtest, Du seiest jetzt genug alt, um eine eigene Meinung zu haben?"

„Nein, mit dem Alter hat das grundsätzlich nichts zu tun, Du musst das nicht so negativ sehen. Ich meine, ich hätte jetzt das Alter erreicht, wo ich eine eigene, vertretbare Meinung haben kann. Ich finde, wir sollten diese Person ignorieren. Sie ist nur eine von vielen und nicht einmal wichtig in Kultur- oder Potentatenzirkeln. Vergessen wir sie! Wir müssen nun warten und hoffen, warten, bis unsere Zeit gekommen ist, hoffen, dass etwas geschehe, mit dem wir uns etablieren können. Ich weiss auch nicht, was unserer Warten und Hoffnung Ziel ist, aber ich bin überzeugt: Einmal werde ich gebraucht hier in diesem Dorf!"

„Ich muss denken, Du bist sehr optimistisch. Ich wollte, ich könnte es auch. Hoffen wir, dass sich Dein

„Ich muss denken, Du bist sehr optimistisch. Ich wollte, ich könnte es auch. Hoffen wir, dass sich Dein Optimismus irgendwann in der Zukunft bestätigen wird und dass Du als mein Werk, obwohl völlig verschieden von mir, mir zur Ehre gereichen wird. Hoffen wir, dass es immer so bleibt, wie es heute nachmittag war, nicht?" „Ja!"

An diesem Tag ging Caro früh zu Bett. Er war müde von des langen Tages Aufregungen; trotzdem konnte er nicht gleich einschlafen, zuviel war an diesem Tage geschehen. Wetterchens erster Kontakt mit der Öffentlichkeit, soweit man Hinterhofnachbarn als solche bezeichnen konnte, war unglücklich verlaufen. Die Konsternation Frau Buchmüllers, dann die Angriffe ihres geradlinig-naturverpflichteten Geistes, überhaupt ihr ganzes Auftreten, Caro war nicht darauf gefasst gewesen. Er hatte vielmehr erwartet, dass sie entzückt aufspringen würde, Wetterchen streicheln und alles genau würde wissen wollen, was er ihm zu essen gebe, wo es schlafe, wie er es wasche, alles nur keinen Affront. War es Neid? Er wusste es nicht. Er würde es wahrscheinlich auch nie erfahren, es sei denn beim

Jüngsten Gericht, wenn er dann noch daran interessiert wäre.

In dieser Nacht träumte Caro lang, tief und heftig: Wolken ziehen über einen lilablauen Himmel, schwarze Vögel setzen sich krächzend auf kahle Bäume. Caro steht inmitten einer Ebene, sieht plötzlich sein Bild von jeder Wolke reflektiert, sieht die Vögel sich lüstern darauf losstürzen, sein Gesicht zerhacken. Er rennt davon, stürzt in ein Loch, findet sich schwimmend in einem Tunnel wieder. Mit hastigen Zügen kämpft er sich auf den hellen Lichtfleck zu, der den Tunnelausgang anzeigt. Plötzlich fühlt er etwas an seinem Kopf und erkennt im fahlen Licht eine kleine weisse Wolke. Es könnte Wetterchen sein. Immer noch schwimmt er, schwimmt still und friert. Die Kälte geht ihm durch Mark und Bein, aber das Licht zieht ihn magnetisch an, das Licht am Ende des Tunnels – ein weisses Licht blendet plötzlich, Caro findet sich schwimmend auf einer gleissenden Schneedecke wieder, glaubt sich gleich darauf emporgehoben und hat, als er nach unten langt, um die Halluzination zu verscheuchen, das Gefühl einer angenehm temperierten Wölbung in den Händen. Er sitzt auf der Wolke, die ihn vorher im Tunnel begleitet hat. Schnell, unsicher und waghalsig trägt sie ihn einer Felswand entgegen, durch die er hindurchgetragen wird, eine physische Unmöglichkeit, die dank eines verplüffend elegant geflogenen Loopings noch einmal wiederholt wird. Ein drittes Mal bleibt ihm erspart, aber stattdessen folgt ein rasender Sturzflug auf einen Flughafen zu, wo die Wolke lautlos landet. Caro steigt von der Wolke herunter und sieht sich um. Kein Mensch ist zu sehen, obwohl vom Dach des nahen Kontrollturmes die weithin leuchtende Aufschrift „Welcome" prangt.

Auch stehen unzählige Stände auf dem Flughafen, wo man sich durch eine Unterschrift zu einem jährlich zu leistenden Beitrag verpflichten kann, der verwendet werden soll, um die künstliche Wetterherstellung zu fördern. Der Boden unter Caros Füssen beginnt heiss zu werden. Wie, um Himmels Willen, ist das alles möglich? Das geht doch gar nicht!

In diesem Momente wachte Caro auf. Nicht schweissgebadet und ohne Todesängste, er wurde einfach seiner Sinne wieder mächtig, nachdem er noch wenige Sekunden zuvor diesem irren Traum nachgehangen war.

Caro stand auf und machte sich an die tägliche Arbeit. Er machte sein Frühstück und das Frühstück Wetterchens, er holte einen grossen Teller für seine Corn-Flakes und einen noch grösseren für Wetterchens Wasser-Exis-Gemisch. Ein kurzer Pfiff und Wetterchen kam geflogen, kurvte behend um die Ecke, parkte, begann zu essen. Bei Menschen würde man die Schnelligkeit, in der die Schüssel jeweils geleert wird, als unanständig bezeichnen, aber bitte, es handelt sich hier um ein Wetter, da herrschen ganz andere Sitten. Dann weiter. Caro hatte die Teller zu waschen und sie abzutrocknen. Die Zimmer mussten geputzt werden, die Welt musste korrekt hergerichtet werden; Bilder gerade, kein Staub auf Tisch und Stühlen.

Unten war alles kein Problem. Hier hielt nur Caro sich auf, hier war die Welt noch in Ordnung. Aber wie er die Treppe hinaufstieg, je höher er kam, wusste er, wo die wirkliche Arbeit lag. Bei seinem „Sohne". Und beklagen durfte er sich nicht. Schliesslich hatte er selbst gewollt, dass er mit einem „Kind" spielen konnte, das

„Kind" konnte nichts dafür, es war passiv in die Welt gesetzt worden und verärgerte nun seine Umwelt; machte Lärm, Unfrieden, Arbeit.

Solche Gedanken beschäftigten einen Vater. In Caros Fall gleichzeitig die Mutter, und teilweise auch das Kind, weil Caro nie wissen konnte, wenn Wetterchen seine telepathischen Fähigkeiten zu Unrecht anwandte und so mithörte.

Wenn die Zimmer gereinigt waren, hatte Caro mit Wetterchen zu spielen. Fussball, Watteblasen, Kurzstreckenlaufflug. Obwohl Caro immer verlor, durfte es ihm nicht langweilig werden. Sobald er sich nur kurz erschöpft und ausgepumpt an die Hauswand lehnte, hob ein kurzes Zischen an, Bäume und Sträucher flatterten und Wetterchen war neben ihm und wollte wissen, ob er keine Lust mehr habe, das wäre aber gar nicht nett, da spiele man mal zusammen und nach wenigen Minuten schon wolle er nicht mehr. Caro konnte lange erklären, dass er schon noch wolle, aber er sei erschöpft und müsse sich für eine Weile ausruhen. Wetterchen glaubte es nicht.

Caro durfte als vorbildlicher Vater einfach nie müde sein. Er nahm beim Spielen also immer alle seine Kräfte zusammen, wenn er nahe daran war, nicht mehr zu wollen oder zu können. Gleichwohl gab es Fälle, wo die beiden, kaum dass sie angefangen hatten, wieder zu spielen aufhörten; Wetterchen war weg. Es hatte nicht mehr gewollt. Lieber schneidig um den Kamin preschen als ein doofes Spiel spielen. Eben; Kinder!

Schon einmal hatte Caro versucht, Wetterchen in die Gesellschaft einzuführen, aber, Sie erinnern sich, es war misslungen. Vielleicht hatte Frau Buchmüller abgelehnt, weil sie mit etwas völlig Neuem und Unglaublichen konfrontiert worden war; ihre konservative Art hatte es ihr verunmöglicht, die Tatsache der Möglichkeit der künstlichen Produktion eines Wetters als gegeben hinzunehmen. Doch heute war es gelungen. Wetterchen hatte am praktischen Beispiel seine Fähigkeiten, seine Vorteile beweisen können.

Es war etwa neun Uhr früh. Schon seit Tagen lastete drückende Hitze über dem Dorf. Caro sass in einem Stuhl und las, als es läutete. Er ging hinaus und öffnete: Frau Buchmüller. Also, sie hätte doch mal, na eben, als sie so geflucht, ob, nein, sie begreife mich jetzt und sie habe auch gar nichts mehr dagegen, ob es möglich sei, dass das Ding, ihre Rosen sähen schon gar verwelkt aus, könnte es nicht kommen, sie meine ja nur,und es regnen und die Blumen vor dem sicheren Verdorren bewahren, ja, wäre es möglich? Caro fragte sie, wieso sie nicht Schlauch oder Kanne nehme. Sie antwortete, sie hätte gar keinen Schlauch, und man sei doch dazu angehalten, möglichst massvoll mit dem Wasser umzugehen, aber sie möchte nicht, dass ihre Rosen eingingen, und ... die Giesskanne habe sie auch gerade ausgeliehen, als Blumentopf, einer Freundin.

Caro glaubte es nicht, aber trotzdem sagte er zu. Die drei, Wetterchen, Caro und Frau Buchmüller, gingen zu deren Haus. Dort angekommen, erklärte Caro seinem „Kinde", was zu tun sei. Sogleich begann es mit grösster Freude und hörte mit dem gleichen Übermut bald wieder auf. Frau Buchmüller bedankte sich überschwenglich.

Caro wusste, dass es von diesem Tag an aus sein würde mit der Anonymität. Offensichtlich hatte Frau

Buchmüller bis anhin geschwiegen, weil nichts an Caro heran getragen wurde, keine Kritik, aber auch keine Anfrage. Er hatte es auch vermieden, mit Wetterchen weitere Spaziergänge an der Öffentlichkeit zu unternehmen, den ersten Ausflug als abschreckendes Beispiel vor Augen. Caro sah einen neuen Anfang; Wetterchen als Blumenretter. Frauen sind in dieser Beziehung wie Lauffeuer, gleich schnell, nicht selten gleich heiss. Wer es wohl zuerst wissen wird? Frau Schuhmacher, Frau Fumasoli? Wird sie die nackte Wirklichkeit erzählen oder sich aufs Schwelgen verlegen? Caro wäre es am liebsten gewesen, wenn sie gar nichts erzählen würde. Wetterchen als automatische Programmzentrale? Schnee oder Sonnenschein? Wetterchen fliegt den Süden in ihr Heim! Hagel gefällig, eine seltsame Wettermischung gewünscht – nur Wetterchen telefonieren. Wetterchen produziert, .erfindet, reproduziert, arbeitet kontinuierlich, macht alles frei, auf Bestellung wie auch spontan!

Wer weiss, vielleicht gellt in ein paar Tagen nur noch ein Schrei durch die Strassen: WETTERCHEN, WEEETEEERCHEN!

Hoffentlich werden es nicht zu viele sein, dachte Caro. Wetterchen würde sich sonst in seinem jugendlichen Übermut zu Tode schuften. Doch würde er das zu verhindern wissen – kein Einsatz ohne seine Erlaubnis. Schliesslich und vor allem und nur hatte Wetterchen noch einen Vater und eine Mutter: CARO!

Als sie nach jenem ersten Einsatz wieder zu Hause angelangt waren, war Wetterchen übermütig wie selten zuvor. Arbeit macht Freude! Caro konnte es kaum bändigen, musste all seine Überredungskunst einsetzen, um Haus und Garten vor ernsthaften Schäden zu bewahren.

Heute ist morgen. Heute wird morgen gestern sein. In einer Woche wird heute zur vergangenen Woche gehören, oder der langen Rede kurzer Sinn; der Tag, von dem ich erzählte, dass bis an seinen Abend das ganze Dorf von Wetterchens Samariterarbeit erfahren würde, war zur Hälfte schon vergangen und stand zur Hälfte noch vor der Tür. Vor der Haustür stand auch jemand, an diesem denkwürdigen Tage. Eine Schlange aus Menschen, eine Menschenschlange somit. Caro hatte es befürchtet, hatte geglaubt, er würde verschont bleiben, aber Glaube ist Hoffnung, und Caro war nun einmal kein Christ. Zum guten Glück wollten sie alle nur Wetterchen anschauen, noch lieh es keiner aus.

Die Glocke läutete Sturm. Caro wollte nicht unhöflich wirken, also hiess es die Türe öffnen, die Nachbarn empfangen, sie zu einem Drink einladen; es hiess Wetterchen rufen, ihn wie ein Model sich im Kreise drehen lassen. Es hiess die Entstehung erklären und hier war Caro zugegebenermassen in seinem Element. Mag sein, dass der Wein oder die Drinks, die Caro aus Höflichkeit mit den Besuchern mittrank, ihr Übriges taten, auf jeden Fall kam er in Fahrt, sprach schneller, als er dachte, sprach in seiner Sprache, was zu langwierigen Wieder-holungen führte. Er erzählte, wozu. Zustimmendes Kopfnicken zeigte ihm, dass sie sich von den Vorteilen beeindrucken liessen; hie und da zeigte ein offener Mund wahre Faszination. Von Zeit zu Zeit blickte Caro, indem er erzählte, von einem zum andern; sprach direkt zum Einzeln, indem er ihm die möglichen Anwendungsbereiche in seinem Fall erläuterte.

Wenn er sich mal einen Moment lang unbeobachtet wähnte, warf er die Arme in die Luft und war glücklich; Wetterchen auch, obwohl es mit der Zeit durch das stete Herumfliegen müde wurde und längst nicht mehr so elegant kurven konnte. Die Menschen, die hineinströmten, waren aber immer noch zufrieden, ereiferten sich in hellster Begeisterung über Caros Werk.

Wenn die gewusst hätten, was alles dahinter steckte, welche Ängste, Nöte und Sorgen! Sicher, einige waren Eltern und konnten sich vielleicht annähernd in seine Lage hineinversetzen, aber der Gedanke, dass er etwas geschaffen hatte, das vollkommen war, hielt sie immer vom letzten Schritt ab; sie sagten sich, ja, es ist sein Kind, er wird es aufgezogen haben, aber es sieht so perfekt aus, der wird keine Sorgen mit ihm gehabt haben. Nicht der und nicht mit diesem Kind! Schade! Caro hätte sich gerne mit ihnen unterhalten, so von Mensch zu Mensch, aber unterwürfige Haltung erschwert ein Gespräch über Erziehungsfragen ungemein, lässt es zur Farce werden. Caro sagte etwas, die Leute nickten und bemühten sich, um nach dem Mund zu reden. Schade, wirklich schade!

Die letzten verliessen das Haus so gegen neun Uhr abends. Mag sein, dass es auch zehn war. Caro achtete nicht mehr auf die Zeit, er war nur noch darauf aus, endlich wieder alleine zu sein, allein mit Wetterchen.

Prächtig hatte es sich gehalten, prächtig in jeglicher Hinsicht. Nie war es ihm zuviel gewesen, jeden noch so kindischen Spass hatte es mitgemacht. Selbst als Frau Gasser ihre Hut-Blume begossen haben wollte, war es darauf eingegangen. Ohne einen Tropfen zu verschütten, auch ohne einen Fleck auf dem Hut zu hinterlassen, war die Blume begossen worden.

Caro schloss die Türe hinter den letzten Besuchern – Herrn Brühlmann mit Sohn – ab, wischte sich über die Stirn und rief laut: „Danke" und „Endlich!" Er hätte nie gedacht, dass Vater sein so anstrengend sein konnte.

Die Treppe herunter kam Wetterchen geflogen, seine voluminösen Masse vorsichtig um Enden und Ecken herum jonglierend. Gemeinsam gingen die beiden ins Wohnzimmer. Caro setzte sich, Wetterchen flog neben seinem Kopf an Ort. „Hat es Dir gefallen?", dachte Caro. „Ja!" „Weshalb?" „Weißt Du, so viele Leute, einen ganzen Tag im Mittelpunkt und alles war so neu. Ich wollte, es wäre immer so!" „Das sagst Du heute. Eines Tages wirst Du wünschen, die Öffentlichkeit nie kennen gelernt zu haben, sehnst Dich nach Einsamkeit und nach Nichtverantwortungsbwusstsein." „Bist Du da ganz sicher, Vati?" „Ja!" „Weshalb?" Ich bin älter als Du, Wetterchen, und ich habe mehr Erfahrung, ich weiss, was gilt und was ewigen Bestand hat, auch Du wirst es einmal wissen, wenn Du mein Alter hast. Du wirst in einer stillen Ecke mit Deinem Sohne zusammensitzen und ihm genau auf die gleichen Fragen Antwort geben, die Du mir heute stellst." „Ist es schön, wenn man erwachsen ist?" „Ja, aber es bringt Umstellungen und Veränderungen mit sich. Man ist gebundener als in der Jugend, hat Verantwortung zu tragen. Manchmal wirst Du es schön finden, aber manchmal wirst Du die ganze Verantwortung zum Teufel wünschen." „Ja?" „Ja!" „Wenn Du als mein

Vater das sagst, stimmt es wohl", dachte Wetterchen. „Aber dennoch, ich freue mich darauf, erwachsen zu werden. Ich will erwachsen sein, von heute an!"

Wetterchen schaute Caro mit einem unnatürlich festen Blick an. Heimlich musste Caro lachen; sein Wetterchen ein Wetter, der Gedanke war ihm noch zu unvertraut. Gewiss es war erwachsener, aber erwachsen? Im Dienste einer guten Erziehung musste er aber sofort aufhören, darüber nachzudenken. Wetterchen könnte verbotenerweise wieder einmal mitdenken.

Caro schwieg also und sah sein „erwachsenes" Wetter an. Eines Tages würde es die Worte begreifen, die er ihm heute gesagt hatte und würde sich jung und jünger wünschen. Bald darauf gingen die beiden zu Bett.

Caro hätte nicht gedacht, dass es so schnell gehen würde, aber zwei Wochen nach diesem Gespräch musste er sich eingestehen, dass Wetterchen erwachsen war. Natürlich war das nicht von einem Tag auf den andern geschehen, vielmehr kontinuierlich Stück um Stück; die Formen hatten sich geweitet, noch ein letztes Mal, und gefestigt.

Es fiel ihm auch nicht plötzlich auf, er erfuhr es durch Gespräche und Beobachtungen, die er während der ganzen Zeit führte. Er beobachtete Wetterchen, wenn es geschwind durch den Garten flog, manchmal auch etwas höher über dem Haus Achterschleifen drehte oder in atemberaubender Geschwindigkeit mächtige Höhendifferenzen überwand.

Bald einmal musste der Tag kommen, an dem sich Caro ernsthaft fragen musste, was mit Wetterchen in Zukunft geschehen sollte. Nicht mehr er konnte dann frei über Stunden und Tage seines „Kindes" verfügen. Es durfte nicht mehr seine Aufgabe sein, zu bestimmen über Anstand und Recht im Verhältnis zwischen Wetterchen und Umwelt. Als erwachsenes Wetter müsste es das alleine bestimmen. Doch, wie sag ich es meinem Kinde? Sollte er, würde es selber darauf stossen? Er wusste es nicht, er wusste es wirklich nicht. Bei andern, Nachbarskindern, wäre es ihm leicht gefallen, eine Entscheidung zu treffen, doch beim eigenen Kind scheint alles viel persönlicher – verzwickter. Entscheidungen sind in diesem Falle wie Rückkoppelungsprozesse; man fällt sie, das Kind befolgt sie und der Vater kontrolliert sich am Produkt seiner Erziehung, achtet, ob oder ob nicht. Es ist leichter, die Kinder der Nachbarn zu erziehen, weil man keinen direkten Bezug hat.

Caro gewann die Überzeugung, dass es das beste sein würde, Wetterchen einfach machen zu lassen. Es sollte sich selbst entwickeln, selber wissen, was, warum und wie.

Seit einiger Zeit hatte Wetterchen neue Spielkameraden; die Kinder des Dorfes, das Resultat einer zufälligen Begebenheit.

Einige von ihnen gingen eines Tages, eines heissen Tages, an Caros Haus vorbei. Sie schwatzten so laut, dass Caro es bis in seinen Garten hörte. Plötzlich hatte er Lust sie zu fragen, wohin sie gingen. „He, Kinder, wohin geht ihr?" Die Kinder blieben überrascht stehen, sie hatten nicht bemerkt, dass sie beobachtet wurden. „Guten Tag Herr Caro", antwortete Peter, der Älteste. „Wir gehen in den Wald." „Weshalb?" „Es ist zu heiss, um hier auf der Strasse zu spielen. Der Wald ist angenehm kühl." Caro lachte, diese Kinder, dachte er. Machen das einzig Richtige; gehen weg, in den Wald. Er hatte plötzlich eine Idee. In der letzten Zeit war Wetterchen sehr viel zu „Sondereinsätzen" gerufen worden. Es würde ihm guttun, wenn es sich einmal entspannen könnte. „Würdet ihr Wetterchen mitnehmen wollen?", fragte Caro. „Au ja, das wäre fein!", riefen alle zugleich. Caro musste wieder lachen. Diese Unbekümmertheit, diese Natürlichkeit!

„Dürfen wir uns drunterstellen und uns beregnen lassen?", fragten die Kinder. „Natürlich dürft ihr, aber nicht zu oft, Wetterchen ist müde und sollte sich ausruhen."

Caro rief Wetterchen, das irgendwo hinter dem Hause herumschwebte. Er fragte es, überflüssigerweise, ob es mitwolle. Es antwortete, dass ihm nichts lieber wäre.

Am Abend brachten die Kinder Wetterchen wieder zurück, glücklich. Sie erzählten Caro, was sie alles taten und dass sie gerne wieder einmal mit Wetterchen spielen gehen würden. Caro freute sich darüber, dass Wetterchen Spielkameraden gefunden hatte, mit denen es vergnügt herumtollen konnte. Von da an holten sich die Kinder sein Wetterchen immer wieder ab.

Eines Abends – Caro las gerade ein Buch – läutete es an seiner Haustüre. Caro erhob sich und ging zur Tür, öffnete sie und sah draussen die Kinder stehen, die, er erinnerte sich wieder, so gegen zwei Uhr Wetterchen zum Spielen abgeholt hatten.

Caro begrüsste sie freundlich und fragte sie nach dem Grund ihres Klingelns. Alle schwiegen. Zu fünft standen sie vor der Haustüre und blickten verlegen auf den Fussabstreifer. Reto, der Jüngste, schaute starr an der Hauswand empor. Caro beschloss, ihn zu fragen, was los sei. Er würde das „Geheimnis" am schlechtesten für sich behalten können. Sobald einer den Anfang gemacht hatte, würden die anderen Kinder mit einstimmen, aufgeregt durcheinande rplappern, froh, dass der Bann endlich gebrochen war. „Reto, was habt ihr?" fragte Caro. Reto schwieg. Er schaute zwar nicht mehr an der Hauswand empor, sondern ihm in die Augen. „Reto, ich weiss nicht, was ihr mir sagen wollt, aber es kann doch nicht so schlimm sein, dass ihr es nicht zu sagen wagt. Wegen einer Überraschung braucht ihr euch doch nicht zu schämen. Ich dachte mir, als ich die Türe öffnete und euch hier stehen sah, dass ihr mir ein Geschenk machen wollt, ein paar Blumen vielleicht. Falls ich es jetzt erraten haben sollte, müsst ihr vielmals entschuldigen. Ich möchte euch nur helfen. Also, was habt ihr auf dem Herzen? Na, Reto?"

„Herr Caro, wir können...", begann der Kleine, stockte, brach ab schwieg wieder. Caro ermunterte ihn weiterzusprechen: „Ja, was könnt ihr?" Plötzlich brach es aus Reto heraus. Er wurde rot, schnappte nach Luft und begann so schnell und wirr zu sprechen, dass Caro Mühe hatte, mitzukommen. Sobald Reto den ersten Satz hervorgestossen hatte, fingen auch die anderen, Peter, Doris, Esther und Roberto, zu sprechen an, was das Verständnis noch erschwerte; von allen Seiten sprachen sie auf Caro ein, laut, eindringlich und verzweifelt. Wenn es auch Mühe machte, aus diesen wirren Worten das Wesentliche herauszuholen, langsam begann Caro zu begreifen, weshalb die Kinder so betreten vor seiner Haustür standen und nicht wussten, wie sie sich rechtfertigten, wie sie sich verhalten sollten; Wetterchen war fort, weg, verschwunden! Nachdem sie es am frühen Nachmittag abgeholt hatten, waren sie auf eine Wiese etwas ausserhalb des Dorfes gegangen. Dort hatten sie mit ihm Klamauk getrieben, Spiele, die sie kannten, für die sie sich aber immer wieder von neuem begeistern konnten, gespielt.

Sie liessen sich einschneien; sie genossen es, pudelnass verregnet zu werden und zusehen zu können, wie gleich darauf ein milder Föhn ihnen die Kleider am Leib trocknete. Unbeschwert jagten sie durch die Felder, Wetterchen über ihren Köpfen. Dann war Wetterchen plötzlich stehen geblieben. Regungslos hatte es in der Luft verharrt. Die Kinder hatten zu ihm aufgeblickt, es geneckt. Wetterchen hatte sich nicht gerührt. Schliesslich war es langsam davongeflogen, in Richtung eines kleinen Gehölzes. Sie hatten laut gerufen, es solle zurückkommen, vergebens. Unbeirrbar war es auf den Wald zugeflogen. Die Kinder waren ihm nachgerannt, hatten versucht, mit Faxen, Kapriolen seine Aufmerksamkeit auf sich zu ziehen. Wetterchen hatte nicht reagiert. Verwirrt hatten die Kinder den Wald abgesucht. Sie hatten nichts gesehen, nichts aussergewöhnliches, nichts, was ihrer Meinung nach die Aufmerksamkeit Wetterchens so auf sich zu ziehen vermocht hätte, dass es unempfänglich für ihre Rufe wurde. Am Horizont vor ihnen die vertraute Silhouette der Häuser des benachbarten Dorfes – der Kirchturm, das Gehöft des Bauern Züllig, die neue Wohnsiedlung. Der Wald war braun und grün wie ehedem. Vergnügtes Gezwitscher, der Duft von Tannennadeln, alles hatte vertraut und bekannt gewirkt.

Nachdem sie den Wald abgesucht hatten mit ihren Blicken, hatten sie in den Himmel geschaut, Wetterchen betrachtet und Peter, der Älteste, hatte dessen Flugrichtung verlängert und war auf etwas gestossen, was so ungewöhnlich gar nicht war und ihnen deshalb wahrscheinlich beim ersten raschen Überblick entgangen war. Über dem Wald stand eine kleine weisse Wolke, zierlich gebaut, mit wunderschön weichen Formen, ein Weibchen offensichtlich, wie Caro für sich bemerkte, während ihm alle Kinder zugleich die Geschichte erzählten. Auf diese Wolke war Wetterchen zielstrebig losgesteuert und nach einer halben Minute etwa dort angelangt. Neugierig hatte es sie umflogen, war immer nähergekommen und hatte ihr schliesslich eine kleinen Stoss gegeben.

Nachher waren die beiden Wolken verschwunden. Im Zick-Zack-Kurs waren sie in Richtung des benachbarten Dorfes davongeflogen, rasch, schneller werdend, bis sie die Kinder nicht mehr gesehen hatten.

Caro fragte sich, was das alles bedeuten sollte. Hatte Wetterchen sich verliebt? Der Gedanke amüsierte ihn. Zuerst diese Aufregung – war etwas passiert oder nicht? – dann diese Erleichterung, diese Umkehr ins Heitere. Eine gewisse Berührtheit blieb zurück. Nach einer Weile realisierte Caro, dass die fünf Kinder immer noch betreten vor ihm standen und nicht wussten, wo sie hinblicken sollten. Er schickte sie nach Hause, ein bisschen erschreckt über seine vollkommene Abwesenheit, wobei er ihnen versicherte, dass alles nicht so schlimm sei und das Wetterchen wieder zurückkommen werde. Nur langsam liessen sie sich dazu bewegen, nach Hause zu gehen. Sie hatten wahrscheinlich das Gefühl, sie seien an allem schuld, wenn er dabei gewesen wäre, hätte er es zurückrufen können. Caro ging durch den Korridor zurück ins Wohnzimmer, setzte sich in einen Stuhl und dachte nach. Er sagte sich, dass es nicht lange gehen würde, ehe Wetterchen wieder zurückkäme. Er lachte, weil er merkte, dass er trotz allem ein wenig Angst hatte, trotz seiner Bemerkungen gegenüber den Kindern.

Wetterchen war beinahe erwachsen. Eine gewisse Selbständigkeit musste man ihm schon zugestehen, um seines und Caros Willen.

Wahrscheinlich wird es irgendwo Seite an Seite mit seiner wolkigen Freundin über sanfte Hügel schweben. Sie werden sich an den Händen halten, zart ihre äussersten Hüllen aneinander reiben; Wolkenliebe! Sie werden sich voneinander erzählen. Seine Freundin wird ein echtes Produkt der Natur sein, unvergleichlich vergänglich somit, nicht so perfekt wie sein Wetterchen. Sie wird eine normale Erziehung genossen haben, im Geiste von Wolkengeneration vererbten Lebensweisheiten erzogen sein. Wetterchen wird bald wieder zurückkommen. Wenn aber nicht?

Caro verwarf den Gedanken, weil es ihm zu lächerlich erschien, ihn unter den gegebene Umständen ernsthaft in Erwägung zu ziehen. Er ging in die Küche und machte sich sein Abendessen. Eier mit Speck, so etwa wie immer. Er schlug die Eier auf dem Pfannenrand auf und liess sie über den angebratenen Speck auslaufen.

Vor dem Küchenfenster pfiffen ein paar Vögel, ein Lieferwagen stoppte vor dem Nachbarhaus. Das Leben ging weiter. Alles verlief normal. Kein Grund zur Besorgnis also.

Caro ass die Eier im Stehen, wusch das Geschirr ab und setzte sich ins Wohnzimmer, um in seinem Buch weiterzulesen.

Von Zeit zu Zeit blickte er zum Fenster hinaus. Langsam wurde es dunkel und langsam wäre es ihm schon lieber gewesen, wenn Wetterchen wieder heim gekommen wäre. Seinetwegen auch mit der Freundin. Aber wenn es bis jetzt noch nie alleine fort gewesen war, dann musste es nicht gleich beim ersten Mal über die Schnur hauen. Einnachten, das war die Zeit, zu der es sonst, wenn es draussen im Garten herumflog, ins Haus kam. Wetterchen hätte ruhig kommen können!

Es wurde Abend, Nacht. Die Zeit verrann, die Minuten kamen und gingen, ohne dass etwas geschehen wäre. Caro wurde des Wartens überdrüssig, wurde wütend, aber es nützte nichts. Er begann Schritte zu zählen, brach unvermittelt wieder ab, umrundete wiederholte Male die Polstergruppe und den Salontisch.

Kaum war eine von diesen Wolkenweibern aufgetaucht und schon hatte sie ihm den Kopf verdreht. Vielleicht mit ihrer Natürlichkeit, was weiss man schon. Irgend etwas Besonderes muss ja wohl an ihr sein, dass Wetterchen sich so unvermittelt mit dem weiblichen Wolkengeschlecht einliess.

Caro griff wieder zum Buch und versuchte zu lesen, doch starrte er nur auf die Buchstaben und Worte, ohne sie zu begreifen. Solange er nicht wusste, wo Wetterchen war, würde er nicht mehr ruhig sein. Er legte das Buch wieder zur Seite. Er wartete, stundenlang, die ganze Nacht hindurch; Wetterchen kam nicht. Gegen den Morgen hin schlief er ein, döste ein paar wenige Stunden.

Als er aufwachte, begann er von neuem, von Müdigkeit zerschlagen, mit der Warterei. Hastig, so nebenbei, machte er sich einen Kaffee und ass ein Stück Brot.

Als wiederum Stunden vorbei gegangen waren, ohne dass Wetterchen gekommen wäre, hielt Caro es nicht mehr aus; er ging Wetterchen suchen.

Beim Wald oben, wo die Kinder mit ihm gespielt hatten, fing er an, um dann jeden ihm bekannten Ort, jedes Fleckchen, an dem er sich einmal mit ihm aufgehalten hatte, abzusuchen. Er hastete über die Felder, rannte ins Dorf hinein, zum Dorf hinaus, rannte Hügel hinauf, hinab; nichts. Er rief und schrie, bekam aber keine Antwort.

Was war geschehen, wo war Wetterchen? Nach Stunden erfolgloser Suche, gab er es einstweilen auf. Er war müde und verdreckt, hatte auch lange nichts mehr gegessen. Der Tag ging schon wieder zur Neige, ohne dass er Wetterchen auch nur von weitem gesehen hätte.

Nachdem sich Caro zu Hause gewaschen und frisch angezogen hatte, besuchte er alle Kinder, die gestern mit Wetterchen gespielt hatten; in der Hoffnung, dass sie ihm gestern etwas zu erzählen vergessen hatten und was ihm heute bei der Suche weiterhelfen würde.

Sie hätten mit ihm gespielt, dann, „plötzlich", sei es zum nahen Wäldchen hinübergeflogen, wo friedlich und einsam eine kleine, weisse Wolke geschwebt sei. Dann seien die beiden zusammen fortgeflogen. Mehr wussten die Kinder auch nicht.

Die Tage vergingen und Wetterchen kam nicht zurück. Jeden Morgen entfachte sich Caros Hoffnung von neuem. Jeden Morgen war Caro von neuem bereit, zu glauben, dass Wetterchen heute zurückkehren werde, aber ein Tag reihte sich an den andern, ohne dass er etwas von seinem „Sohn" gehört hätte.

Lange Spaziergänge nährten seine Hoffnung, weil er glaubte, Wetterchen fern von der Heimat, in neuer Behausung, wiederzufinden. Er hätte es ja verstanden, wenn es sich mit seiner Freundin zusammengetan hätte, um ungestört das Leben zu geniessen, aber was Caro nicht verstehen konnte, war Wetterchens Schweigen. Es hätte wiederkommen können, um ihm zu sagen, wo es sei; dann wäre er beruhigt gewesen, hätte es ziehen lassen. Die Ungewissheit aber über Wetterchens Verbleiben quälte Caro und liess ihm keine Ruhe.

An ihren freien Nachmittagen halfen ihm die Kinder suchen. Sie suchten die nahe Umgebung ab. Allzuweit durften sie sich nicht von ihren Zuhause entfernen, die Eltern hätten es nicht erlaubt, aus Angst, sie könnten sich verlaufen, im Wald, auf Wegen, die sie nicht kannten. An den Wochenenden, zumindest an der ersten zwei, drei nach dem Verschwinden, halfen auch die Erwachsenen suchen, denen Wetterchen einmal einen kleinen Dienst erwiesen hatte, die Blumen vor dem Verdorren bewahrt oder ähnliches. Sie setzten sich in ihre Autos und fuhren in einem sich Mal um Mal ausweitenden Kreis alles ab, mit dem Bild Wetterchens vor dem inneren Auge, wirklich bereit, Caro zu helfen. Doch mit der Zeit flaute ihr Interesse ab; die Hilfe, die sie einst von Wetterchen empfangen hatten, verlor mit den Wochen ihren Wert und bald standen Benzinkosten im Vordergrund. Vielleicht überwand man sich noch einmal, dann war Schluss. Ja, es tut mir schon leid, aber wissen sie, sie können nicht ewig von mir verlangen, dass ich ihre Wolke suchen gehe, ich muss heute wieder einmal den Garten spritzen, der Rasen muss geschnitten werden, die Rosen, hiess es.

Caro hatte sie nicht gebeten, sie waren von selbst zu ihm gekommen. Er sagte nichts, er konnte sie nicht zwingen. Im Grunde war er nur froh, dass sie ihm überhaupt geholfen hatten. Die Kinder suchten immer, wann sie konnten; nach den Aufgaben, an den freien Nachmittagen. Nie zeigten sie Spuren von Unlust oder Enttäuschung. Caro konnte ihnen nur danken, indem er sie manchmal zu Milch und Kuchen einlud. Wenn er einmal alleine war, fuhr er mit der Bahn in die weitere Umgebung, immer in der einzigen Hoffnung, die er noch hatte: Wetterchen zu finden. Er hatte gänzlich zu arbeiten aufgehört, sein Labor verstaubte. Es fehlte ihm an der Freude, an der notwendigen Überzeugung von der Unabdingbarkeit. Er konnte einfach nicht mehr, solange er nicht wusste, was mit Wetterchen geschehen war.

Die Zeit verging. Die Tage zogen leer und inhaltslos an ihm vorüber. Bei plötzlichen Wetterumschlägen fasste er wieder Hoffnung. Er starrte zum Himmel hinauf, winkte zaghaft mit den Armen und wartete auf ein Zeichen. Er starrte hinauf, bis ihm das Genick weh tat und er die Arme wieder herunter nehmen musste, weil er das von der Blutleere herrührende Kribbeln nicht mehr aushielt. Die Wolken zogen vorüber, ohne dass sich eine von ihnen als Wetterchen zu erkennen gegeben hätte. Immer wieder machte er dieses Spiel mit, stets voller Hoffnung, die jedes Mal enttäuscht wurde.

Eines schönen Tages las Caro in der Zeitung folgende Meldung: „dpa. Gestern Nachmittag zerstörten schlagartig auftretende Stürme einen grossen Teil der Ernte im Berner Hinterland. Aus heiterem Himmel sei – nach Augenzeugenberichten – eine Gruppe von Wolken aufgetaucht und habe einen Wirbelsturm grösseren Ausmasses entfacht. Der Schaden beläuft sich auf mehr als drei Millionen Franken. Ein bekannter Meteorologe äusserte die Vermutung, dass es sich um keine normale Wettererscheinung gehandelt habe, vermochte seinen Verdacht aber nicht weiter zu beweisen."

Caro stutzte. „Um keine normale Wettererscheinung" stand da geschrieben. Keine normale, das hiesse also, es handelte sich um eine abnormale. Und was konnte an einem Wetter schon abnormal sein, ausser, dass es nicht so war wie die anderen Wetter, nicht natürlich, sondern künstlich!

Schnell zogen die Gedanken durch Caros Kopf. Eine wahnwitzige Idee, doch hatte die Zeitungsmeldung noch einmal den letzten Funken Hoffnung entfacht, den Caro noch besass. Er rechnete, nach Wochen, endlich wieder einmal ernsthaft mit der Möglichkeit, Wetterchen wiederzusehen. Er liess die Zeitung auf die Knie sinken und überlegte sich, was er wohl tun könnte, um Wetterchen ausfindig zu machen, nun, da er wieder ernsthaft daran glauben durfte, dass es noch existierte. Einen Aufruf in die Zeitung setzen? Nein, Wetterchen konnte ja nicht lesen. Wahrscheinlich wusste es gar nicht, dass es überhaupt Zeitungen gab auf dieser Welt. Caros Dorf hatte jedenfalls keine. Nie war jemals etwas über Wetterchens Existenz an der Öffentlichkeit erschienen, weil alle, die davon wussten, schwiegen. Die Kinder aus Unkenntnis, die Erwachsenen teils aus Desinteresse, teils auch deshalb, weil sie fürchteten, wenn bekannt wurde, dass einer in ihrem Dorf ein beliebig manipulierbares Wetter hatte, es vorbei sei würde mit der Nottränkung ihres im Ausdorren begriffenen Rosenbeetes.

Das Fernsehen bitten, ihm nach den Nachrichten eine Minute Sendezeit zu gewähren, um seinen „Sohn" zurückzugewinnen? Wieder nein. Wie sollte es in ein Wohnzimmer hineinblicken können, einen Fernsehapparat sehen? Auch würde man ihm kaum glauben, was er sagte, würde ihn als Irren abtun, der sich wichtig machen wollte, weil keiner gesehen hatte, was Wetterchen wirklich konnte. Keiner vom Fernsehen, und die aus seinem Dorf würden alle schweigen, weil keiner Interesse daran hatte, als Lügner, als Sympathisant eines Spinners angesehen zu werden und weil keiner einen handfesten Beweis, der die Fernsehleute überzeugen würde, vorzeigen könnte. Ausserdem würden sie es ihm nicht glauben. Es könnte schliesslich jeder kommen und für oder gegen etwas einen Aufruf am Fernsehen verlesen.

Wirr schossen ihm verschiedene Ideen durch den Kopf, die sich aber nach kurzer Prüfung sämtliche als undurchführbar erwiesen; er stellte Hypothesengebäude auf, um sie gleich wieder niederzureissen. Caro war einmal mehr, wie schon so oft in letzter Zeit, am Verzweifeln, als ihm ein Gedanke kam, der ihm zwar nicht zwingend rettend erschien, aber mit am meisten Aussicht auf Erfolg behaftet. Wetterchen würde wieder einmal mit seiner Frau und seinen Kindern – Caro nahm an, dass es sich bei der Wolkengruppe um diese handelte, Fortpflanzung war schliesslich natürlich – spielen wollten. Irgendwo auf flachen Ebenen, in den Bergen vielleicht, und er, Caro, müsste es bei einem dieser Spiel überraschen. Die Berge fielen dabei von vornherein ausser Betracht, weil sie vielfach unzugänglich waren. Es blieben also nur noch der Jura, das Flachland, die Gegend zwischen Zürich und Basel, das Berner Hinterland. Er würde sich ein Generalabonnement der Bahn kaufen um den Zustand des-an-jedem-Ort-Seins am ehesten gerecht zu werden. Er würde mit der Zeit eine Technik entwickeln, die es ihm ermöglichen würde, während der Nacht im Sessel eines 1.Klass-Waggons schlafen zu können, und am Morgen, seine Sache, frisch ausgeruht, wieder aufzu-nehmen.

Caro lächelte. Weshalb war ihm diese Idee nicht schon lange gekommen? Die Zeitungsmeldung war An-stoss gewesen, dass er sich wieder mit der ganzen, in Bitternis schon abgeschlossenen Angelegenheit befasst hatte, aber er hätte früher, als er noch mit dem Zug in die weitere Umgebung fuhr, um nach Wetterchen zu suchen, draufkommen können, dass es mit der Zeit Nachwuchs geben könnte bei seinem „Sohne“. Und dass Kinder einen Spieltrieb haben, dem man unbedingt

freien Lauf lassen muss. Wie war er doch blöd
gewesen!

Caro klopfte seine Pfeife aus, legte die Zeitung
auf den Tisch und ging nach oben, um einen Koffer mit
den wichtigsten Sachen zu richten. Er legte hinein, von
dem er glaubte, dass er es auf einer längeren Reise be-
nötigen würde.

Nachdem er gepackt hatte, bereitete er das Haus
auf eine längere Abwesenheit vor. Er stellte den Kühlschrank ab, schloss die Fensterläden; er zog alle
Stecker aus den Dosen und hinterliess dem Zeitungs-
mann eine Nachricht, dass er ihn vorläufig nicht mehr
bedienen solle auf seiner Tour. Wenn er wolle, könne
er die Zeitung irgend jemand anderem geben, das
Abonnement würde weiterbezahlt. Um auch gegen
Einbrecher geschützt zu sein, installierte er eine Schalt-
uhr, die jeweils zwischen sechs und zwölf das Licht in
der Diele anmachte; so hoffte er den Eindruck zu er-
wecken, es sei jemand zu Hause.

Auf einem letzten Rundgang überzeugte er sich
noch einmal, dass er alles abgestellt hatte, dass nichts
mehr brannte oder arbeitete und schloss zu guter Letzt
die Haustüre. Caro nahm den Koffer, den er, als er in
seiner Manteltasche nach dem Hausschlüssel suchte,
auf den Boden gestellt hatte, in die Hand und ging langsam, aber glücklich und zufrieden zum Bahnhof. Sorg-
sam legte er das schon zu daheim abgezählte Geld in
den Drehteller des Billetschalters, den er schnurstracks,
beim Bahnhof angelangt, aufgesucht hatte. Er nahm das
Generalabonnement als Gegenleistung in Empfang und
setzte sich in den nächsten Zug Richtung Bern. Er hätte
auch Richtung Sankt Gallen fahren können, aber so wie

es einen Verbrecher immer wieder an den Tatort zurückzieht, unerklärlicherweise, so schien Caro die Gegend anzuziehen, wo Wetterchen – so glaubte Caro zumindestens – gesehen worden war.

In den folgenden Tagen fuhr Caro kreuz und quer durch das Land. Die Berge mied er, er würde Wetterchen nicht folgen können, auch wenn er es entdecken würde. Und ausserdem, das war ihm während der ersten Tage seiner Suche in den Sinn gekommen, erschien es ihm unwahrscheinlich, dass die Jungen schon den kalten und rauen Sitten der Berge ausgesetzt würden.

Er beschränkte seine Suche auf Mittelland und Jura, fuhr von Bern nach Genf, nach Basel. Stieg in Aarau um, trank in Zürichs Sackbahnhof einen Kaffee, kannte bald alle wichtigsten Knotenpunkte auswendig, Teile des Fahrplanes ebenso gut wie Namen von kleinsten Stationen, an denen er ausgestiegen war, um unter dem Bahnhofsvordach hervortretend den Himmel abzusuchen nach einer seltsamen Wolkenformation. Zwei grosse, drei kleine, die sich natürlich unnatürlich aufführten, sich im Kreise jagten, vielleicht, oder sonst etwas machten, das darauf schliessen liesse, dass es sich um kontrollierte, sich selbst führende Wetter handelte.

Immer wieder gelang es Caro auch, Zugführer von der Notwendigkeit seiner Übernachtungen in den Eisenbahnwagen zu überzeugen, wobei er den wahren Grund immer verschwieg und angab, er sei ziemlich mittellos, alle Hotels seien besetzt, er sei pressiert und was der Gründe mehr sind. Er lag ihnen so lange in den Ohren, bis sie nur noch den einen Wunsch hatten, er möge schweigen und machen was er nicht lassen könne, auch wenn es nicht gestattet sei. Er solle nur keinem Menschen etwas davon erzählen. Und wenn er einmal trotz allen Bittens und Dränges die Erlaubnis zur Benützung der Wagen nicht erhielt, so schlich er sich auf leisen Sohlen, unbemerkt von Nachtschichtarbeitern, trotzdem auf die Abstellgleise und kletterte in den gewünschte Wagen, um am Morgen seine Reise ausgeruht fortzusetzen.

Caro verlor mit dem andauernden Fortgang seiner Suche wieder einiges von seinem Interesse, jedoch kam es nicht wieder soweit, dass er jegliche Hoffnung aufgab. Er glaubte einfach nicht mehr, Wetterchen im nächsten Augenblick finden zu müssen, sondern gewann die Überzeugung, dass er zufälligerweise einmal zur richtigen Zeit am richtigen Ort sein würde und Wetterchen dadurch einmal wieder sehen würde. Es waren wohl etwa drei Wochen vergangen, als Caro, zum unzähligsten Male von Zürich nach Bern unterwegs war. Er schaute wie immer zum Fenster hinaus und suchte den Himmel ab. Weit hinten am Horizont sah er, wie von eines Malers Hand hingetupft, ein paar Wolken am sonst blauen Himmel schweben. Mechanisch begann er zu zählen: Eins, zwei, drei, vier und fünf waren es an der Zahl. Zwei grosse, drei kleine Wolken. Caro stand auf, riss seinen Koffer von der Gepäckablage und zog mit aller Kraft die Notbremse. Der Stoss warf in gegen eine ältere Dame, die sich laut schreiend seiner erwehrte. Er entschuldigte sich, stammelte etwas von Versehen und Ungeschicklichheit und kämpfte sich dann durchs Abteil hinaus. Kämpfte sich den Gang entlang durch den immer noch schlingernden Zug zur nächsten Wagentüre. Hinter sich hörte er Stimmen: Haltet ihn! Er hat die Notbremse gezogen ... will fliehen! Doch keiner schien ihm zu folgen. Wahrscheinlich waren alle noch zu sehr mit sich selber beschäftigt.

Endlich hielt der Zug. Caro drückte den Griff der schweren Türe hinunter und sprang, den Koffer vor der Brust festklammernd. Ein scharfer Schmerz zuckte durch seine Knie, als er auf dem Boden aufprallte, doch hatte er keine Zeit, sich darum zu kümmern, weil er hinter sich die erregte Stimme des Zugführeres hörte, der ihn aufforderte, stehen zu bleiben.

Doch Caro hastete davon; er kümmerte sich nicht um den Zugführer in seinem Rücken. Er fiel hin, raffte sich wieder auf und rannte weiter. Immer leiser wurde die Stimme des erzürnten Zugführers, der hinter ihm herzurennen schien. Ferner und undeutlicher wurde das „Bleiben Sie stehen ... Sie müssen!", bis er schliesslich ganz verstummte. Endlich gönnte Caro sich einen Moment lang Ruhe. Er schaute zurück. Weit entfernt sah er den einsam in der Landschaft stehenden Zug, eingeschlossen und unterlegt vom silbernen Schienenstrang. Menschen schauten aus den Zugfenstern, er sah sie gestikulieren, wahrscheinlich fluchten sie auch. Der Zugführer, der ihn verfolgt hatte, war am Zurückgehen, wobei er sich immer wieder umwandte und drohend die Fäuste in seiner Richtung in die Luft stiess. Immer kleiner wurde er und, beim Zug angelangt, setzte er seine Pfeife an die Lippen und gab dem das Zeichen zur Weiterfahrt. Leise verschwand der Zug in der Ferne.

Caro blickte in den Himmel. Waren sie noch dort – Wetterchen, dessen Frau und die Kinder? Ja, sie sausten immer noch auf und nieder – und plötzlich war Caro vollständig sicher, dass es Wetterchen war. Wie sie sich benahmen, die Art, wie die grösste der Wolken flog – es war es!

Caro winkte und lachte zugleich, holte ein Taschentuch hervor und trocknete sich die Augen. Unsicher, vor Freude taumelnd, nahm er den Koffer wieder an sich und torkelte vorwärts. Lachend verfiel er in einen leichten Trab, schwenkte seinen freien Arm und schrie wie verrückt: „Wetterchen, Wetterchen, ich bin es, Caro! Wetterchen!" Die Worte purzelten über seine Lippen, stiessen sich. Caro lachte, schrie, torkelte vorwärts und kam Wetterchen immer näher. Jedoch; nicht nur Caro hatte etwas gewusst von der Existenz eines künstlichen Wetters. Schon in der Zeitungsmeldung hatte etwas gestanden von:"Man sei nicht sicher, aber man glaube, es handle sich hier um eine nicht alltägliche Wettererscheinung." Man hatte vorsichtig vermieden, das Wort künstlich zu benutzen, jedoch war der Sinn des Schreibers deutlich zum Ausdruck gebracht worden. Eine solche Abnormalität konnte der Regierung nicht verborgen bleiben. Eine Gruppe von unabhängigen Gelehrten war eingesetzt worden, dieses seltsame Phänomen zu untersuchen, um es später an höherer Stelle erläutern zu können. Dieses Team war nach einigen Wochen harter Arbeit zur Schlussfolgerung gelangt, dass es sich hier um keine Naturerscheinung handle, es müsse sich um ein auf unerklärliche Weise, unter Zuhilfenahme von nicht eruierbaren Methoden gezeugtes Wetter handeln. Sie empfahlen, die sofortige Vernichtung des fraglichen Objektes anzuordnen und so weitere Verwüstungen zu verhindern. Der Chef des Militärdepartementes äusserte bei einer Sondersitzung, die einzig zur Behandlung dieses Themas einberufen wurde, allerdings die Befürchtung, bei der Verwendung jeglicher Art von Knall-geschossen würde die Bevölkerung aufgeschreckt und er wäre gezwungen, in einer Weise Auskunft zu geben, die eine Geheimhaltung der ganzen Angelegenheit ver-unmöglichen würde. Auf die Frage, wie er sich denn die Vernichtung vorstelle, gab er zur Antwort, er sehe als einzige Möglichkeit einen Helikoptereinsatz. Die Piloten müssten bei einem erneuten Auftreten der Wol-ken sofort von einem zentral gelegenen Ort losfliegen und versuchen, diese mit ihren Rotorblättern zu zerfetzen. Der Vorschlag fand allgemeinen Beifall und wurde zur Ausführung einem Mitarbeiter zugewiesen.

In aller Stille wurde in den folgenden Wochen eine Station aufgebaut, die den gestellten Anforder-ungen entsprach. Man montierte auf dem Dach eines einsam gelegenen Hauses ein grosses Teleskop und verschiedene andere Geräte, die es ermöglichten, zu jeder Tageszeit, den Himmel abzusuchen und Ausschau zu halten nach einer unmotiviert fliegenden, vielleicht auch allein am Himmel stehenden Wolkengruppe. In einem nahen Schuppen waren zwei Helikopter ein-gestellt, die losfliegen würden sobald sie das Zeichen dazu bekämen. Während der eine gemäss Befehl die ganze Szenerie mit Rauch verhüllen sollte, hatte der andere die Aufgabe, die Wetter mit seinen Rotoren zu zerfetzen.

Diesem Posten nun war es nicht verborgen ge-blieben, dass sich eine Wettergruppe ungewöhnlich am Himmel festgesetzt hatte. Zuerst war man versucht, wie manchmal schon, die Sache als Täuschung abzuschrei-ben, Worte wie: Da haben wir eine Wolkengruppe im Visier, die sieht aus wie unser Zielobjekt, ertönten und man witzelte. Als dann aber der Mann, der sich gerade am Teleskop befand, doch nicht sofort weiterdrehte, sondern sich die Gruppe noch einmal genau ansah, unter dem Aspekt der möglichen Täterschaft und dabei herausfand – wegen der wolkenunmöglichen Kapriolen im Hasch-Mich-Spiel der drei Kleinen, dass es sich hier um eben gesuchtes handelte, war man sofort hellwach und rannte zu dem Schuppen. Die Luft war bald darauf erfüllt mit dem kräftigen Surren der Rotorblätter und aus diesem Grunde näherten sich also von der einen Seite die Henker von Wetterchens Familie, während schon ziemlich nahe am Schauplatz der Erzeuger, Caro, mit winkenden Armen und Schreien die Aufmerksamkeit seines „Sohnes" auf sich zu ziehen versuchte.

Caro rannte noch immer, fiel hin, das Haar war verdreckt und verklebt, aber immer wieder riss er sich vom Boden hoch, getragen von der Freude, dass es ihm vergönnt sein würde, mit seinem Wetterchen bald zu reden. Er lachte und schrie, wie während der ganzen Strecke vom Zug her.

Plötzlich hörte Caro ein fremdartiges Geräusch. Es schien von oben zu kommen, un-deutlich, ein fernes Brummen. Caro wusste nicht, was es sein konnte und bald war er wieder versunken in sein Schreien und Winken.

Nach einer Weile blieb er stehen, weil er genau unterhalb der fünf Wolken angekommen war. Er schaute hinauf und stellte fest, dass es hoch war, schrie aber nichtsdestoweniger aus vollen Leibeskräften die ganze Zeit, bis auf kleine Unterbrüche, während denen er Luft holen musste.

Während dieser kurzen Pausen hörte er wieder dieses seltsame Geräusch. Es war heller und eindringlicher geworden. Caro suchte den Himmel ab, in der Richtung, aus der das Geräusch zu kommen schien. Weit hinten am Horizont sah er zwei silberne Punkte, die sich mit mässiger Geschwindigkeit direkt auf ihn zu zu bewegen schienen. Er schaute genauer hin, hörte auch mit höchster Intensität zu, bis er sicher war, dass das Geräusch zu den beiden Punkten gehörte. Was mochte es wohl sein? Caro hatte keine Ahnung. Er schaute wieder hinauf zu der Wolkengruppe, die immer noch vergnügt über seinem Kopf umhertollte: Er vergass jedoch nicht mehr, dass ein stetig lauter werdendes Brummen die Luft erfüllte, dass auf eine noch unerklärliche Weise mit den Wolken über seinem Kopf in direktem Zusammenhang zu stehen schien.

Abwechselnd nun betrachtete er die beiden Punkte seines Interesses und plötzlich erkannte er, dass es sich um zwei Helikopter handelte, gross und schwer. Noch immer aber begriff er nicht, was sie wollten. Er konnte zwischen den brummenden Libellen und sich oder der Gruppe, die über seinem Kopfe spielte, keinen ursächlichen Zusammenhang entdecken.

Grösser und grösser wurden die Hubschrauber, gefährlicher auch. Einer verlor etwas, einen dunklen Punkt, der auf ihn zugeschossen kam. Halt! War das die Möglichkeit! Das konnte doch nicht wahr sein! Das musste sich doch um einen Irrtum handeln – Nein! Aber doch, das Bestreben war deutlich zu erkennen. Die Helikopter hatten es mit aller Gewalt auf die Wolken abgesehen, auf Wetterchen, seine Frau und die Kinder! Der dunkle Punkt raste auf die Wolken zu und zerplatzte kurz vor den beiden grossen. Ein Rauchvorhang breitete sich rasch grösser werdend aus. Immer schlechter wurde die Sicht, die Hubschrauber kamen näher und näher. Caro schrie und winkte und dann waren die Hubschrauber da und fetzten die kleinen Wolken auseinander, zerrissen sie in kleinste Stücke. Caro griff nach einer Erdscholle und warf sie nach den Hubschraubern, obwohl er wissen musste, dass er niemals so hoch würde werfen können und dass es den stählernen Libellen auch nichts ausmachen würde, wenn er sie treffen würde. Die Eltern konnten sich durch geschickte Manöver von den unheilbringenden Rotoren fernhalten, sie konnten auch ausweichen, wenn ein Hubschrauber plötzlich ganz in ihrer Nähe auftauchte. Sie versuchten, ihren Kindern zu helfen, jedoch war die Macht der Hubschrauber zu gross, die Sicht zu schlecht, dass sie, anstatt sich krampfhaft abmühen, auch unbeteiligt hätten neben dem Rauch schweben können. Caro warf sich auf die Knie und fing zu weinen an. Immer wieder schlug er mit den Fäusten auf den Boden und merkte nicht, wie bald das Blut über seine Hände lief. Er konnte nicht mehr länger zuschauen, so unmenschlich erschien ihm diese Aktion.

Weshalb? Er hatte eine schwache Vermutung – die kleine Überschwemmung, die ihn auf die Spur Wetterchens gebracht hatte - doch schien ihm das nicht Grund genug.

Er glaubte der einzige zu sein, der von Wetterchens Existenz wusste. Es kam ihm nicht in den Sinn, dass dieser Angriff auch erfolgen konnte, wenn man über die Herkunft der Wolken völlig im Dunkeln tappte.

Nach wenigen Minuten war der Spuk vorbei. Die Hubschrauber zogen wieder ab. Wetterchen und seine Frau flogen verstört umher und suchten nach den Überresten ihrer Kinder, jedoch, es war nicht mehr das Geringste zu finden.

Nachdem das Flappern der Rotoren aufgehört hatte, wagte es Caro, wieder in den Himmel zu schauen. Er sah die umherirrenden grossen Wolkensein Wetterchen! – und er vermisste die Kleinen. Er begriff, was geschehen war und von seinem plötzlichen, verständigen Mitleid überwältigt, schrie er in den Himmel hinauf: „Wetterchen, hierher! Komm zu deinem Vater!" Tränen schossen ihm in die Augen und erstickten seine Stimme. Wetterchen machte nicht den Eindruck, als würde es Caro überhaupt hören.

Vielleicht war es von seiner Traurigkeit so sehr überwältigt, dass es taub war für alle äusseren Einflüsse. Immer noch flogen die beiden Wolken hin und her, hinauf, hinunter, suchten nach Überresten.

Langsam aber verschwanden sie. Still, von unendlicher Traurigkeit erfüllt, flogen sie davon. Zuerst nur im Schritttempo, voller Wehmut, unfähig, sich von der Stelle des Todes ihrer Kinder zu rühren, um dann in einem plötzlichen Entschluss rasch kleiner und kleiner werdend, rasend schnell davonzujagen und bald gänzlich verschwunden zu sein.

Caro erhob sich und schwankte den Weg zurück, den er gekommen war, trat unbeabsichtigt in seine Spuren, sah auch undeutlich die Fussabdrücke des Wagenführers, der ihn verfolgt hatte. Er sprang über einen Bach, fiel hin. Kraftlos richtete er sich wieder auf und stapfte mühselig weiter, der nächstliegenden Station entgegen, die, wie er sich undeutlich erinnerte, ein paar Kilometer in der Richtung lag, aus der er mit dem Zug gekommen war.

Müde kam er Stunden später dort an. Es war ein kleiner Bahnhof, also war es einerlei, welchen Zug er nahm, in welche Richtung er fuhr; zufällig brachte ihn die Willkür der Zugsverbindungen nach Bern. Er realisierte es kaum, begriff nur schwach, dass er nicht ganz in der ihn nach Hause führenden Richtung gefahren war und nahm sich deshalb die Mühe, auf dem Fahrplan einen Zug herauszusuchen, der ihn nach Hause führen würde. 16.53 Uhr Bern Hauptbahnhof ab, 17.58 an. Er bestieg diesen Zug, wies bei der Kontrolle unaufgefordert sein General-Abonnement vor.

In seinem Dorfe angekommen, ging er, ohne sich umzusehen, nach Hause, schloss, dort angelangt, die Türe auf und rannte nach oben ins Schlafzimmer, wo er sich aufs Bett warf und zu schreien anfing, bis er vor Erschöpfung, Wut und Schmerz in einen traumlosen Schlaf fiel.

Stunden später wachte er wider auf, mitten in der Nacht, wie er feststellte, als er auf die Uhr blickte. Ihm war, als hätte er ein Geräusch gehört, ein Schaben oder Kratzen. Da, was war das gewesen? Deutlich hatte er es jetzt gehört, ein Schaben oder Kratzen. Da, was war das gewesen? Ganz deutlich hatte er es jetzt gehört; im ehemaligen Zimmer Wetterchens rieb jemand von aussen an die hölzernen Läden.

Tappend schlich Caro sich hinüber, um der Ursache des Geräusches nachzugehen. Was mochte es sein? Ein Zweig, ein Specht? Er öffnete das Fenster, hackte den Riegel aus, der den Laden von innen festhielt und stiess ihn zurück, sodass er zuerst nur verdeckt, dann, nach gänzlichem Aufschwingen aber, der Silhouette gänzlich gewahr wurde, die er nur zu gut kannte und um derer Besitzer Willen er in den letzten Monaten all die Anstrengungen auf sich genommen hatte: Wetterchen!

Es dauerte eine ganze Weile – schön lang - Zeit, die Caro brauchte, um seiner Überraschung Herr zu werden, bis es ihm gelang, klar zu erfassen, dass Wetterchen zurückgekehrt war.

Doch weshalb? Caro stutzte, im gleichen Augenblick aber hatte er die Antwort. Weil Wetterchen sich nie von der Art des telepathischen Gedankenaustausches entfernt und so von Anfang an, in Erwartung von Fragen, sich ganz auf Caro eingestellt hatte. Bald jagten sich Red und Antwort. „Zuerst einmal, Caro, musst du entschuldigen", dachte Wetterchen. „Ich weiss, ich hätte mich einmal melden sollen, nicht so lange hätte ich von dir fernbleiben dürfen. Aber du musst mich auch verstehen, ich war so glücklich in meiner ersten Zeit der Liebe. Wer hätte das gedacht, dass es gleich die grosse Liebe sein würde? Wenn ich es gewusst hätte, wäre ich noch einmal zu dir zurückgekommen, würde dir alles erklärt haben, aber ich glaubte, dass ich in ein, zwei Tagen wieder zurück sein würde und dir dann alles noch erklären könnte.

Aus der Spielerei aber wurde bald schöner Ernst. Ich lernte meine jetzige Frau in stundenlangem Gedankenaustausch immer besser kennen und immer mehr lieben. Aus der Freude der Gleichartigkeit wurde bald ein verzaubertes Angezogensein. Ich begriff nicht, wie ich so lange hatte auskommen können, ohne vom anderen Wolkengeschlecht zu wissen. Bitte, ich mache dir keinen Vorwurf. Du wirst alles getan haben, um mich glücklich zu machen, aber du konntest unmöglich über das Wissen verfügen, auf das sich Wolkeneltern aufgrund von jahrhunderterlangen Rasseerfahrungen stützen können. Du musstest Fehler machen, weil du gewisse Notwendigkeiten wegen deiner menschlichen Existenz nicht in die Praxis umsetzen konntest. Dazu gehört auch die Aufklärung über das andere Wolkengeschlecht. Wusstest du überhaupt etwas davon? Nun, ich verliebte mich unsterblich in sie und wir beschlossen zu heiraten. Die Ereignisse überstürzten sich förmlich; ich dachte immer weniger an dich und wenn ich in Gedanken einmal bei dir weilte, war mein schlechtes Gewissen von Mal zu Mal grösser. Als mir meine Frau schliesslich sagte, dass wir Nachwuchs erwarteten, verlor ich ganz meine Fassung. Kaum den eigenen Kinderschuhen entwachsen, sollte ich schon Vater werden! Nachdem sich meine anfängliche Aufregung gelegt hatte, freute ich mich unheimlich auf das Ereignis. Der Moment der Geburt meiner Kinder gehört zu den glücklichsten Erlebnissen in meinem Leben.

Du kannst Dir vorstellen, wie schmerzlich mich der Verlust meiner Kinder getroffen hat. Sie wurden ermordet, hinterhältig, von zwei Helikoptern der Armee. Wir waren –„ „Ihr wart friedlich über einem Feld geflogen und plötzlich kamen die Helikopter daher geschossen, liessen Rauchwolken explodieren, damit ihr, Du und Deine Frau, sie nicht bei der „Arbeit" hindern konntet." „Woher weißt Du das?" „Ich war dabei. Ich habe vermutet, dass Du mich überhaupt nicht bemerkt hast. Ich stand genau unter Euch auf dem Feld, ich schrie und winkte, aber Du hast nicht einmal heruntergeschaut." „Du bist dort gewesen, hast also das ganze miterlebt? Ich kann es kaum glauben. Ich muss so glücklich gewesen sein, dass ich die ganze Welt um mich herum vergass und nur noch Augen und Ohren für meine Kinder hatte.

Wenn ich das gewusst hätte – Du musst vielmals entschuldigen. Es ist mir nicht recht, ich weiss nicht, wie ich ...", dachte Wetterchen, stockend, beinahe Wort für Wort.

Caro lachte: "Du musst Dich nicht entschuldigen. Ich begreife Dich. Erzähl weiter. Was habt ihr gemacht, nachdem ihr davongeflogen seit? Das letzte, was ich noch gesehen habe, war euer Anblick, wie ihr schneller und schneller kleiner wurdet." „Nun, wir sind in die Alpen geflogen, um zu weinen, unseren ganzen Groll loszuwerden. Irgend ein unwegsames Gebiet werden wir noch unwegsamer gemacht haben, mit unseren schnaubenden Stürmen, mit Metern von Schnee. Schliesslich verrauchte unsere Wut. Wir waren nur noch traurig, liessen uns dahintreiben, bis dann meine Frau eine Idee hatte, die der Grund ist, weshalb ich Dich heute hier besuchen komme. Wir werden uns rächen."

„Das dürft ihr nicht!", schrie Caro in die Nacht hinaus, so laut, dass er zusammenzuckte und eine Weile ängstlich umherblickte, ob nicht in einem Nachbarhaus ein Licht anging und ein Kopf hinter Vorhängen sichtbar wurde. Aber alles blieb ruhig. Caro setzte das Gespräch ruhig fort, dass er durch den in die Nacht hinausgeschrienen Satz unsanft unter-brochen hatte.

„Ich wusste, dass Du es nicht erlauben würdest",
dachte Wetterchen. „Aber sieh, es gibt keine andere
Lösung. Wir müssen uns rächen, oder wir werden niemals wieder vor uns hintreten und uns ehrlich in die
Augen blicken können. Das Leben der Wetter ist zu
kurz, um Vergangenes noch einmal wiederholen zu
können. Wir sind zu alt, um noch einmal Kinder zu
haben, die uns vielleicht unseren Gram nehmen könnten. Nein, wir müssen uns Genugtuung verschaffen,
indem wir gegen die Helikopter vorgehen. Wir haben
uns geschworen, dass wir nicht eher ruhen, als bis diese
dem Erdboden gleichgemacht sind, platt, flach wie eine
Flunder." Wetterchen ereiferte sich. Die Gedanken
kamen schubweise, nicht mehr wohlgeordnet;
Ausdruck eines tiefsten Gefühls.

Caro war still und traurig geworden. Er begriff
Wetterchen und das war es, was ihn traurig machte. Er
wusste, dass er eigentlich alles daran setzen müsste,
Wetterchen von seinem Plan abzubringen, aber es fehlte ihm die Kraft dazu. Er konnte nicht etwas machen,
von dem er wusste, dass es falsch war.

„Wie werdet ihr vorgehen?" „Nur alleine über die
Helikopter herfallen, hat keinen Zweck, es würden
andere kommen und versuchen, uns zu zerstören. Wir
sehen uns deshalb gezwungen, alle und alles in diesem
Lande auszulöschen!"

„NEIN!" „Doch. Überlege Caro, wenn wir nur
gegen einzelne Personen oder Objekte vorgingen, wäre
immer noch jemand da, der versuchen würde, uns an
den Kragen zu gehen. Er würde alles daran setzen, bis
er die Ehre des Bürgers und seiner Heimat
wiederhergestellt hätte. Mit anderen Worten, wir

müssten bis an unser Lebensende damit rechnen, eines Tages hinterhältig ermordet zu werden. Um dieser Gefahr im vornherein entgegenzuwirken, ist es unerlässlich, das ganze Land zu zerstören."

Caro hatte sich auf das Fensterbrett gesetzt und den Kopf aufgestützt. Es hatte alles so keinen Sinn. Die Idee war Wahnsinn, doch wusste er zugleich, dass er nicht eingreifen würde. Nein, er würde nicht! Unmenschlich würde er alles seinen Lauf nehmen lassen, weil er dabei gewesen war, als sie auf grausame Weise Wetterchens Kinder zerstört hatten, alles nur wegen einer kleinen Überschwemmung. Sie hatten sich nicht einmal die Mühe genommen, die Ursachen, die Herkunft der fremdartigen, eigenständigen Wolken abzuklären. Die Wissenschaft hatte versagt, die Regierung, alle. Keiner hatte das Problem auf gütliche Weise aus der Welt schaffen wollen. Nein, er würde Wetterchen nicht hindern.

„Weißt Du, weshalb ihr überhaupt verfolgt wurdet und Deine Kinder getötet wurden?", dachte Caro. „Nein, das ist es ja eben, ich sehe absolut keinen Grund für das ganze Verhalten, das Verhalten der Regierung oder wie Du es eben in Deinen Gedanken bezeichnet hast." „Erinnerst Du Dich, dass Du einmal mit Deinen Kindern und Deiner Frau über einen weiten Landstrich im Berner Hinterland gespielt hast. Dabei habt ihr, unabsichtlich wohl, es regnen lassen in einem solchen Übermasse, dass eine Überschwemmung gab. An jenem Tage war der Himmel wolkenlos gewesen, blau bis auf euch, und man hat die Vermutung geäussert, dass etwas nicht mit rechten Dingen zugegangen sei. Auch dass ihr dann fein säuberlich im Formationsflug von dannen gezogen seid, gab zu weiteren Spekulationen Anlass, zu Vermutungen, die – ich bin in dieser Annahme nicht ganz sicher – jemanden dazu bewogen haben, Ausschau zu halten, stetig, um die Kinder, die Kleinen bei erneutem Auftauchen zu bestrafen, weil diese es ja waren, die die Überschwemmung verursacht hatten. Euch wollte man in Ruhe lassen, aber um unangenehme Situationen zu vermeiden, würde man den Kampfplatz vorsorglicherweise mit starken Nebelbomben vernebeln. Alles geschah, wie sie es sich vorgestellt hatten, bevor man auf die Kleinen losging. Ich weiss nicht, woher die Helikopter gekommen sind, ich weiss auch nicht, wie sie auf die Idee gekommen sind, ihr seid künstlich, somit bestrafbar und zu vernichten. Ich weiss nur, es ist eine Gemeinheit. Doch denk, weshalb bist Du gekommen? Um mich zu warnen?"

„Ja, gehe fort, ich möchte nicht, dass Dir etwas geschieht. Ich bitte Dich auch, sage keinem etwas von unserem Vorhaben. Die Aufregung der Leute, die Panik, das Bewusstsein eines nahen Todes, es wäre grausam. Und ausserdem würden sich einige, die es sich zu leisten in der Lage wären, retten können. Würdest Du das für mich tun?"

Caro sah Wetterchen an, wie es so vor ihm schwebte, still ihn fragte, ob er die Garantie geben könne, nicht zu verraten, dass sieben Millionen Menschen getötet werden würden. Doch hatte er sich schon entschieden, für Wetterchen, gegen sein eigenes Land, aus Wut und Rache. Klammheimlich würde er sich davonmachen und das ganze Spektakel von irgendwo nahe der Grenze verfolgen.

„Ich werde nichts verraten. Flieg nur getrost Deiner Wege. Ich möchte, dass ich eure Genugtuung erfahrt. Rufe sie alle zusammen, die kleinen und grossen Lüfte, die Taifune, Wirbelstürme, entfacht ein Treiben, wie es die Menschheit noch nicht gesehen hat. Zerstört das Land, zerstört sie, doch seit euch bewusst; ich denke auch daran – nur es ist mir gleich – dass ihr Falsches tut, wenn ihr euch als Richter über Millionen von Menschen aufspielt, wegen eines Unrechts, eines verhältnismässig kleinen, das an euch verübt wurde und das wegen der Umstände nicht wieder gutgemacht werden kann."

Wetterchen flog eine kleine Runde und parkte nachdenklich wieder vor dem geöffneten Fenster, still. „Ich weiss es, aber wir müssen." „Wann wird es geschehen?" „Heute in einer Woche, mitten in der Nacht." „Schon? Zwar je eher desto besser. Ich werde nicht mehr im Lande sein, blast ungetrost. Was wirst Du machen, wenn alles vorbei sein wird?"

„Wir, meine Frau und ich, werden uns verstecken, an einem stillen Ort unseren Lebensabend verbringen. Sie werden uns suchen, gewiss, doch finden werden sie uns nicht. Ich werde Dich nicht mehr wiedersehen, weil ich mich nicht mehr in diesen Gegenden zeigen kann. Wir müssen uns heute voneinander verabschieden für immer, ewig, alle Zeit. Wohin wirst Du gehen; Dein Land wird zerstört sein, Deine Heimat?" „Ich weiss es nicht, aber lass das meine Sorge sein. Mir wird schon etwas einfallen, ein Ort, an dem ich in Ruhe leben kann, unerkannt, in Gedanken bei Dir weilend. Von Zeit zu Zeit werde ich in das Loch zurückkehren, das einst meine Heimat war, werde

Blumen hinabwerfen, doch weinen werde ich nicht. Nur zurückdenken an das Land, in dem ich einst gelebt habe", dachte Caro.

„Nun denn, verabschieden wir uns", dachte Wetterchen traurig und deshalb bestimmter, als es eigentlich gewollt hatte. „Caro, ich danke Dir für das, was Du für mich getan hast. Ich danke Dir, dass Du mich in die Welt gesetzt hast, dass Du meine Entscheidung billigst, ich danke einfach für alles."

Kurz noch berührte Wetterchen Caros Wange, gleichsam als Abschiedskuss – eine Geste, die es offensichtlich den Menschen abgeguckt hatte, weil sie so naiv-ungeübt wirkte - flog eine kleine Schleife über dem Garten, dem Haus, stieg immer höher und war mit einem Mal in der dunklen Schwärze der Nacht verschwunden.

Caro lehnte sich an den Fensterrahmen, rief noch ein kleines „Tschau" in die Nacht hinaus; er wusste nicht, ob es Wetterchen noch erreichen würde. Caro starrte ihm nach und seine Augen begannen sich mit Tränen zu füllen. Abschiedsschmerz, wieder aufgetauchte, brennende Wut und das Wissen über das kommende machten ihren Gefühlen Luft. Wieso? Machte sich zu fragen überhaupt einen Sinn? Oder sollte er sich fügen, nun, nachdem er den Plänen Wetterchens schon zugestimmt hatte?

Wahrscheinlich war es das beste, gewiss war es das beste, zu ändern war sowieso nichts mehr. Caro hackte die Riegel wieder ein, die die Läden von innen festhielten und schloss das Fenster. Müde schlich er in sein Bett zurück. Am nächsten Tag wollte er sich alles genau durch den Kopf gehen lassen, ob es nicht möglich sein würde, eine andere Lösung zu finden. Ein nutzloses Unterfangen zwar, denn Caro hatte kurz bevor er erneut einschlief den Gedanken, dass er, komme was wolle, nicht mehr von seinem gefassten Entschluss abgehen würde.

Am anderen Tag, stetig ging das Aufräumen von statten. Caro suchte die wenigen Gegenstände zusammen, die er wirklich behalten wollte. Es würde auffallen, wenn er gleich mit einem Auto voller Gepäck über die Grenze fahren würde, obwohl diese Möglichkeit ziemlich gering war, hatte er doch nur zu den wenigsten Möbeln, Kleidern, Bildern eine wirkliche Beziehung und trachtete deshalb nicht danach, sie mitzunehmen als Souvenir „of dead Country". Der Koffer wurde nicht einmal ganz voll, die Ecken sackten nach innen ab. Der Kühlschrank war abgestellt, die Läden heruntergelassen, die Sicherungen herausgeschraubt, bei niemandem war etwas bestellt, das erst in den nächsten Tagen eintreffen würde. Die Zeitung würde trotzdem noch kommen, für einige Tage, er würde aus dem Nachbarland aus dann eine Karte schreiben, dem Verlag, er brauche sie nicht mehr. Nun, da er nicht mehr zurückkommen könne – aber halt, der Zeitungsverlag würde auch nicht mehr existieren, es würde nichts mehr abzustellen und zu bestellen geben, in einer Woche nur. Die Lichter waren ausgelöscht. Caro ging durch den Flur, strich über ein Bild, das ihm gefiel, aber zu gross war, um mitgenommen zu werden. Die Eingangstüre knarrte, was sie früher nie getan hatte – plötzlich knarrte sie, unvermittelt, erschreckend einmalig, als er die Klinke niederdrückte und gegen sich zog. Er schritt durch das Rechteck der Türöffnung, schaute noch einmal über die Schulter der Diele entlang zurück in das Wohnzimmer. Er sah alles zum letzten Mal.

Der Schlüssel wurde im Schloss herumgedreht, die Türe war, zu war sie, das Haus zu, die Erinnerungen, die wenigen, die noch zurückgelassen worden waren, eingeschlossen, verpackt für eine Woche noch, dann tot, irgendwo auf dem Grunde des Loches vielleicht oder wo immer sie hingeweht werden würden.

Ruhigen Schrittes ging Caro durch die Strassen dem Bahnhof zu, antwortete ja, für kurze Zeit, als ihn ein Bekannter mit einem Blick auf den Koffer fragte, ob er verreise und empfand nicht die berühmte Abschiedspathetik, die es ihm immer unmöglich gemacht hatte, melodramatische Hollywoodfilme anzusehen. Ein Abschied war ihm in Erinnerung geblieben, weil er ihm echt nicht gekünstelt erschienen war. Ingrid Bergmann in „Casablanca". Am Schluss des Filmes, hinter sich das wartende Flugzeug, dass sie dann davongetragen hatte. Er wusste nicht, weshalb ihm genau dieser Film jetzt plötzlich einfiel. Natürlich hatte er auch andere Abschiedsszenen gesehen, weshalb nun gerade diese? Sie war nicht einzig positiv. Überhaupt schien ihm alles fremd. Er hätte nicht gedacht, dass er mit solchen gemischten Gefühlen einmal aus diesem Dorf hinausgehen würde, um nie mehr zurückzukehren; so innerlich ruhig, den Vorgang als solchen begreifend.

Er kaufte eine Fahrkarte nach Zürich. Auch der Mann am Billetschalter fragte ihn, ob er zu verreisen gedenke und wohin, wollte er noch wissen. Caro antwortete ausweichend, zur Erholung in die Berge, sagte er. Der Mann der ihm das Billet verkauft hatte, war mit der Antwort zufrieden. Auf jeden Fall drehte er sich um und setzte sich wieder an den Schreibtisch, von dem er sich erhoben hatte, als er Caro in den Warte- und Billetschalterraum hatte eintreten sehen. Als der Zug einfuhr, stieg Caro in den vordersten Wagen. Wenn der Triebwagen, der auch für Passagiertransport konzipiert war, offen gewesen wäre, wäre er dort hinein gestiegen, um körperlich zu fühlen, wie es ihn forttrug, weg von „zuhause", von „seinem Dorf", „seinem Männerchor". Er war zwar nicht Mitglied desselben, aber immerhin wusste er, was ein Männerchor war und dass es in seinem, sollte er nun schon sagen ehemaligen, Dorf einen gab. Und da der Männerchor zum Dorf gehörte, in dem er gelebt hatte, konnte er ihn als seinen bezeichnen, indem er damit den Grad der Zugehörigkeit angab, eine Zugehörigkeit, die grösser war als bei anderen Männerchören, weil er erstens nicht wusste, wo es sonst noch welche gab und zweitens die Namen derer, die darin singen, nicht angeben konnte. Von seinem Männerchor kannte er zumindest die Hälfte der Mitglieder, weil es entweder Bekannte, flüchige und gute, von ihm waren oder dann im öffentlichen Dienst eine Stelle bekleideten und durch ihre Mitwirkung im Männerchor sich ein gewisses Prestige, eine Imagepflege versprachen.

Der Zug ruckte an, langsam zuerst, dann immer schneller an den Bahnhofsgebäuden vorbeirasend, am Ausfahrsignal, dem Tunnel zu der die Fahrgäste der Linie nach Zürich jeweils für wenige Sekunden in Dunkelheit hüllte, weil es sich nicht lohnt, für die kurze Zeit das Licht anzuschalten.

Nach dem Tunnel war die Fahrt schon so schnell, dass Caro die Leitungsmasten nur noch als verwischte Schemen wahrnahm und durch sie nicht die Betrachtung der Wiesen, der Obstbäume, des Flusses, die Bauernhöfe seiner Heimat erkannte. Einiges kannte er nicht. So zum Beispiel war ihm nie aufgefallen, dass einige Kilometer vom Dorf entfernt der Fluss sich zu einem Weiher staute.

Ruckartig wandte Caro den Kopf vom Fenster ab. Er wollte nichts mehr sehen. Auch wenn es ihm nicht das Herz zerriss, wenn er von hier fortgehen musste, als Mensch hatte er seine Erinnerungen an die Umwelt und diese waren es, die er nicht vergessen konnte. Sie hatten nichts mit dem Land zu tun, sie wären ihm nicht gekommen, wenn einer Heimat gesagt hätte. Nur im Gespräch über Bekanntes, vielleicht wenn einer ihn gefragt hätte, ob es ihm nicht auch schon geschehen sei, dass er zu einem möglicherweise ästhetisch unbefriedigenden Gegenstand aus der Natur durch blosses Vorbeigehen und durch das Bewusstsein der Existenz eine Beziehung entwickelt habe, die ihn gerne daran denken liesse, an den Baum, an den Strauch, oder was immer es auch sei, dann hätte Caro antworten müssen, ja, und dass er zu einer Gegend, einem Bild Liebe empfinden könne, aber nicht zur Heimat.

Die Fahrt verlief ruhig. Caro kam pünktlich in Zürich an und bestieg dort den Zug nach München, den er in Bregenz verlassen würde.

Vor der Grenze kam der Zöllner, die Passkontrolle. Da er nichts zu verzollen hatte und sein Pass in Ordnung war, ging alles schnell und reibungslos. Nichts geschah, als der Zug hinüberfuhr, die Grenze passierte, die man vom Zug aus nicht erkennen konnte, auf einer Karte aber leicht hätte festlegen können.

Hinter sich liess Caro seine Heimat, schön, ohne jeglichen Anflug von Totenhaftigkeit, aber eben verdammt. Er hatte sich vorgestellt, dass er in den nächsten Wochen in einer kleinen Pension ganz nahe seines Landes verbringen würde, lesend, nicht zu nahe, um nicht zufällig auch noch in den Sog zu geraten.

So geschah es auch. 38 Euro musste er zahlen für das Zimmer mit Dusche und Frühstück, aber es gefiel ihm. Wo früher er noch gearbeitet und gedacht hatte, genoss er es heute in den Tag hinein zu leben. Keiner, der nicht wusste, was kommen würde, konnte ahnen, was geschehen würde, konnte ahnen, was geschehen würde in wenigen Tagen nur. Caro alleine kannte das Geheimnis, das er jedoch als solches betrachtete, der Inhalt war zu fatal, als es hätte abenteuerlich sein können. Er schwieg, war freundlich zu der Pensionsinhaberin und zählte die Tage, wie sie kamen und gingen, ohne dass man irgendetwas Veränderliches hätte spüren können. Die Tage vergingen. Einen Tag noch, keinen mehr.

Am Morgen war Caro die wenigen Kilometer zur Grenze hinübermarschiert, um sich ein Bild zu machen von der Umgebung. Des Nachts musste er sich alles vorstellen können, das Dunkel würde das grausige Schauspiel verhüllen.

Immer näher kam der Abend. Caro kehrte wieder zurück, nahm das Abendessen ein, ging hinauf in sein Zimmer. Als er lesen wollte, fiel es ihm schwer, den Sinn der Worte zu begreifen. Der Gedanke an das nahe

Ende beschäftigte ihn, wenn er auch zu seiner Heimat als solche keine Beziehung hatte, höchstens eben zu einem Busch, einem Baum. Auch als er versuchte zu schlafen, gelang es ihm nicht, er war zu nervös. Die Zeiger der Uhr rückten langsam, unerbitterlich vor. Mitten in der Nacht hatte Wetterchen gesagt, wahrscheinlich, wenn sie damit rechnen konnten, dass möglichst viele schlafen würden. Gegen ein, zwei Uhr also. In den Zeitungen war nichts gestanden über eine absonderliche Wetterlage, alles würde ganz plötzlich geschehen.

Caro öffnete das Fenster, um besser zu hören. Weit weg brummelte eine Maschine in die Nacht hinein. Ein gleichmässiges Geräusch. Erst als das Geräusch an Intensität zunahm, an Regelmässigkeit verlor, begriff Caro seine Bedeutung; die Wetter waren gekommen.

Immer lauter wurde das Brausen, schon kaum mehr zu ignorieren. Unten öffnete sich die Haustüre, die Wirtin trat hinaus uns schaute an den Himmel. Wie sie Caro sah, schaute sie hinauf, ob er nicht schlafen könne oder ob ihn das Geräusch geweckt habe. Ob er wisse, was es sei? Er verneinte. Die Wirtin ging wieder hinein, nachdem sie eine Weile noch kofpschüttelnd den undurchdringlichen Nachthimmel betrachtet hatte. Der Lärm schwoll an. Es war ein unheimliches Geräusch, unheimlich auch für den, der seine Ursache kannte. Unwirklich war auch die gänzliche Unbewegtheit der Dinge, nichts rührte sich, kein Baum in der Nähe rauschte, derweil einige Kilometer entfernt ein Sturm aufzog von unvorstellbaren Ausmassen.

Das mittlerweile infernalische Toben hypnotisierte Caro. Die Nacht schien gepeinigt aufzuschreien. Urtümliche Gewalten begannen in diesem Moment das Land zu zerfetzen, es aus den Angeln zu reissen, löschten alles aus, was es einst ausgemacht hatte.

So sehr Caro sich auch anstrengte, er sah nichts. Die Nacht deckte alles ab, wie ein Vorhang. Caro konnte sich vorstellen, wie Bäume durch die Luft gewirbelt wurden, sah vor seinem inneren Auge den Teil des Landes, den er sich heute morgen noch angeschaut hatte. Abgetragen und ausgelöscht werden, sah Häuser die ganz durch die Luft sausten, unheimlich.

Das Brüllen dauerte über eine Stunde an. Vor dem Haus, im Dorf, überall standen Leute mit Taschenlampen, schrien sich gegenseitig zu, was das alles bedeute. Einige rannten aufgeregt hin und her. Später, als alles vorbei war, glaubte sich Caro auch an das An- und Abschwellen des Feuerwehrhornes erinnern zu können. Die ganze Zeit stand er am offenen Fenster und starrte in die Nacht hinaus.

Das mächtige drohend-unheimliche Sausen des Windes vermischte sich zu einem Bild von erdrückender Intensität.

Langsam, Minuten, nachdem das Toben einer lähmenden Stille Platz gemacht hatte, kam Caro wieder zu sich. Er wischte sich über seine verschwitzte Stirn und löste seine Hände vom Fenstersims, an den er sich geklammert hatte. Unten vor der Türe stand wieder die Wirtin, ohne jedoch zu ihm hinaufzuschauen. Sie verwarf die Hände über dem Kopf und schrie Jesses Maria! Gott hilf! In einem fort.

Wie irre Hühner jagten im Dorf Menschen umher, die nicht wussten, was geschehen war und sich in ihrer Ratlosigkeit nach einem Wissenden umsah. Die Feuerwehr schoss mit aufblendenden Scheinwerfern durchs Dorf – er hatte sich also nicht geirrt. Caro lachte und weinte zugleich. Wetterchen hatte seinen Schwur eingelöst, einen Schwur, dem er in vollem Bewusstsein zugestimmt hatte. Er hätte sieben Millionen Menschen retten können und – Nein, nicht wieder. Er hatte es sich schon zu viele Male überlegt. Er würde immer wieder zum gleichen Ergebnis kommen. Er hätte, hatte aber nicht.

Bevor er wieder zu Bett ging, duschte er sich noch gründlich, weil er vor Aufregung geschwitzt hatte.

Caro drehte sich vom Fenster weg gegen die Wand und war nach wenigen Minuten eingeschlafen. Am nächsten Morgen erwachte er mit schwerem Kopf. Undeutlich erinnerte er sich, dass gestern etwas Wichtiges geschehen war, doch wollte es ihm auf Anhieb nicht in den Sonn kommen. Erst als Caro das Fenster geöffnet hatte, um die frische Morgenluft ins Zimmer zu lassen und dabei in Richtung seiner Heimat blickte, kam es ihm wieder in den Sinn. Wetterchen. Er rieb sich die Augen und schaute dann schweigend in die Ferne, um sich ein Bild zu machen. Was er sah, überraschte ihn nicht, weil er es schon so viele Male gesehen hatte. Dichter Nebel verunmöglichte die Sicht. Ein Baum stach schemenhaft aus der dicken Suppe, mehr war nicht zu erkennen.

Rasch kleidete sich Caro an und stieg die Treppe ins Erdgeschoss hinab. Schon wollte er hinausgehen, als ihn die Stimmer der Wirtin zurückhielt. „Herr Caro, Herr Caro, haben sie es schon gehört?"

Sie schien anzunehmen, er hätte schon, sie würde sonst kaum fragen ob er „es" schon gehört habe. Da Caro jedoch noch nichts vom Ausgang erfahren hatte, erkundigte er sich, die Frage prinzipiell verneinend, um was „es" sich überhaupt handle.

Während sie sich die Hände an der Schürze abtrocknete und diese dann abzog, kam sie gestikulierend auf Caro zu und erzählte ihm sämtliche Neuigkeiten. „Also wissen Sie, Herr Caro, das gibt es überhaupt nicht. Zuerst glaubte ich, es leiste sich jemand einen Scherz, es wirkte zu unglaubhaft. Sie wiederholten es aber immer wieder und Frau Meier, meine Nachbarin, kam auch herüber, um sich auszuweinen, es muss also wahr sein. So – ich muss es noch einmal betonen – so ungeheuerlich es klingt; Herr Caro ihre Heimat gibt es nicht mehr. Sie ist weg, fort, nicht mehr da!" „So". Caro hatte sich überlegt, ob es einen Wert hatte, Überraschung vorzutäuschen, zu heucheln, doch liess er es beim blossen „so" bewenden, auch wenn der Wirtin diese Reaktion verwunderlich erscheinen würde.

„Danke, dass sie es mir gesagt haben,", sagte Caro. „Ich werde mir eine Zeitung holen gehen". Rasch verliess er das Haus.

Obwohl es ihn in die Richtung seiner Heimat zog. Ging er schnurstracks zum Kiosk, weil er sich immer wieder sagte, dass er auf diesem Wege alles, was er wissen wollte, schneller erfahren würde.

Er hatte Glück, dass er noch ein Exemplar erwischte, weil fast alle Zeitungen schon verkauft waren.

Caro setzte sich auf eine Bank auf dem Bahnhof-
vorplatz. Rot sprangen einem die Überschriften ins
Auge. Nachbarland fort – wohin – weshalb? Die
Agenturmeldung lautete: Unser Nachbarland wurde das
Opfer eines heimtückischen Wirbelsturmes, dessen
Ursache noch nicht festgestellt werden konnte. Der
erste Augenschein zeigt, dass das ganze Land in seiner
vollumfänglichen Grösse verschwunden ist. Es soll,
unbestätigten Berichten zufolge, in einer Höhe von
7000 Kilometer über Amerika schweben. Das einzige,
was einem noch an dieses kleine, aber doch geliebte
Land erinnert, ist das Loch, welches laut Vorschlag der
UNO, dessen Abgesandte mit einem Helikopter zur
Stelle des Geschehens unterwegs sind, Sparerloch
getauft werden soll.

Es folgte eine grosse Anzahl von einzelnen Berichten. Augenzeugen, die durch einen glücklichen
Zufall über die Grenzen geschleudert worden waren,
berichteten, wie sie plötzlich in der Nacht aufgewacht
waren von einem unheimlichen Tosen. Die meisten der
Überlebenden hatten gedacht, es handle sich um ein
Erdbeben und hatten deshalb in panischer Angst ihre
Häuser verlassen, um nicht von den einstürzenden
Mauern erdrückt zu werden. Das hatte zu ihrer Rettung
geführt. Sie waren von starken Winden erfasst und über
die Grenzen getragen worden. Einige hatten das Ab-
setzen nicht überlebt. Sie lagen tot am Boden, hingen in
Ästen, klebten an Häusern. Die Zeitung zitierte nam-
hafte Meteorologen, die jedoch nur eine Beschreibung
der Vorgänge, aber keine Erklärung dafür liefern
konnten.

Caro faltete die Zeitung, legte sie vor sich auf die Knie und kratzte sich am Kopf. Er hatte Mühe, nicht laut herauslachen zu müssen. Keiner hatte eine Ahnung, weshalb alles geschehen war, dabei war alles so einfach, so einfach!

Er stand auf und wanderte Richtung Heimat. Einer, der beim Kiosk gestanden hätte, würde ihn im Nebel verschwinden sehen. Die Zeitung warf er fort, flatternd verschwand sie in einem Busch. Er fing an zu hüpfen und die Arme zu schlenkern, rannte hundert Meter, fiel zurück in normales Schritttempo.

Der See, den er erblickte, als er dort angelangt war, wo er sich gestern ein Bild von den Verhältnissen gemacht hatte, überraschte ihn. Er hätte erwartet, ein Loch zu sehen, nicht zuletzt, weil in der Agenturmeldung davon die Rede gewesen war, Wahrscheinlich hatten einige grenznahe Quellen begonnen, das Loch aufzufüllen. Es würde noch eine Weile gehen, bis man darauf mit Schiffen fahren konnte, weil sich der Seespiegel noch etwa einen Kilometer unterhalb dem oberen Rand des Kraters befand.

Lange stand Caro dort und blickte hinab. Es war vorbei. Er nahm einen Stein auf und warf ihn hinab. Das Leben konnte weitergehen. Wenn der Stein auf der Wasseroberfläche aufschlug, würde er ein Geräusch hören. Er konnte seine Forschertätigkeit wieder aufnehmen, irgendwo hier, in seinem neuen Land wahrscheinlich. Würde die Entfernung nicht zu gross sein?

Caro drehte sich um und ging zurück in das Dorf. Er durfte nicht vergessen, sein Zimmer zu bezahlen.

Ein schrilles Läuten riss Caro aus tiefem Schlaf und aus seinem Traum. Unglaublich, dachte Caro und drückte auf den Knopf seines Weckers. Werde nie Forscher, sonst träumst Du noch verrücktere Sachen, murmelte Caro vor sich hin. Langsam erhob er sich und stieg aus dem warmen Bett. Zeit zum Aufstehen um zur Arbeit zu gehen...

Bibliografische Information der Deutschen Nationalbibliothek
Die Deutsche Nationalbibliothek verzeichnet diese Publikation
in der Deutschen Nationalbibliografie; detaillierte bibliografische
Daten sind im Internet über http://dnb.d-nb.de abrufbar.

Umschlagdesign, Herstellung und Verlag:
Books on Demand GmbH, Norderstedt
ISBN 978-3-8334-7152-0